半七捕物帐

柳原堤女妖

はんしち

とりものちょう

［日］冈本绮堂 著

陈雅婷 译

Beijing United Publishing Co.,Ltd.

北京联合出版公司

图书在版编目（CIP）数据

柳原堤女妖 /（日）冈本绮堂著；陈雅婷译.
北京：北京联合出版公司，2024. 9. --（半七捕物帐）.
ISBN 978-7-5596-7726-6

Ⅰ. Ⅰ313.45

中国国家版本馆 CIP 数据核字第 2024PB6926 号

半七捕物帐：柳原堤女妖

作　者：[日]冈本绮堂

译　者：陈雅婷

出品人：赵红仕

责任编辑：周　杨

封面设计：吴黛君

北京联合出版公司出版
（北京市西城区德外大街83号楼9层 100088）
北京新华先锋出版科技有限公司发行
大厂回族自治县德诚印务有限公司印刷　新华书店经销
字数1284千字　787毫米×1092毫米　1/64　47.25印张
2024年9月第1版　2024年9月第1次印刷
ISBN 978-7-5596-7726-6
定价：298.00元（全十册）

目 录

01

少年少女之死

一

"昨天我家门前出了件大事。"半七老人说。

"怎么了？出了什么事？"

"有个五岁多的孩子被自行车撞了。是这巷子里烟草铺的女儿，很可爱，结果被一个年轻职工骑着自行车撞上，所幸没死，但伤了脸……女孩子家家的，希望不要留下太严重的伤痕。现如今有很多半吊子骑着车到处转，太不安全了。"

当时正流行自行车，并且正如半七老人所言，到处有骑车新手撞人、撞墙。现代人或许会觉得可笑，但不得不承认，在那时的东京市中，自行车是十分危险的东西。我也帮腔大骂那些半吊子骑手。之后，老人又说道：

"大人被撞还可以怪自己不小心，没躲过，小孩子就可怜喽。"

"小孩可怜没错，大人也难办呀。你往旁边躲，结果对面车头一拐，又往你躲的方向撞来。碰上那些半吊子当真一点办法也没有。"

"是祸躲不过呀。"老人叹道。

"说自行车如何如何可怕，其实最可怕的还是人，再怎么监管自行车也无法根除灾难。往昔根本没有自行车，遭遇飞来横祸的孩子也数不胜数。"

以此打头，老人开始了讲述：

"现在不知怎样了，以前外神田有家专门做短租房间生意的铺子，叫田原屋。里头客人也与今天的出租房一样，有办集会的，赌博的，办歌舞公演的，生意相当兴隆。"

元治元年（1864）三月末，有位叫藤间光奴的舞蹈师傅在田原屋二楼举办公演。光奴是个四十来岁的盛年师傅，在这一带很吃得开，也有众多家境不错的弟子。她平素交游广泛，故而也有许多人特意来给她捧场。加之师傅运气不错，下了三四天的雨正好昨儿停了，今日一大早便是万里无云，田原屋院子里迟开的八重樱在明媚的暮春背阴处闪着白光。

公演在晨四刻（上午十时）开始，但因弟子众多，所以分组多，白天大概轮不完。师傅自然也想到了这点，因此准备了蜡烛。弟子的父母亲人和其他观客将宽广的二楼挤得水泄不通，甚至外溢到了外廊上，后台拥挤更甚，它由一楼两间八叠和六叠房相互打通后充当，所有要跳舞的孩子都挤在里头。但是孩子实在太多，又有许多照顾他们的女人和大孩子，搞得这里比二楼还挤，简直没有下脚的地方。更要命的是，众人还带了诸多服装、假发和其他小道具，于是有人不慎踩到，有人被绊倒，还有放声大哭的。师傅在里头到处奔走照料，忙得团团转，几乎令人心疼。到了午后，师傅的嗓子已经哑了。

乍暖还寒的暮春天气今日忽然升温，年幼弟子们脸上的白粉被渗出的汗水冲得一片斑驳，负责辅助她们的师傅额头上也布满汗珠。如此忙乱之中，节目渐次上演。晨七刻（下午四时）稍过，轮到常磐津《韧猿》[1]上演。舞者自然是耍猴人、女大名、随从与小猴四人。内门弟子小夜和来帮忙的女师傅两人分头行事，利落地为四个孩子化好妆，又帮她们换好戏服，最后只需戴上假发即可。不等两人喘口气，上台时间已到。繁忙的师傅大致巡视一遍舞台，然后来到后台。

"大家可准备好了？舞台随时可以开幕。"

"是，都准备好了。"

小夜叫来四人，正准备为她们戴上假发，却发现演随从的孩子不见了。

"咦，小定去哪儿了？"

众人立刻起身寻找阿定。阿定今年九岁，是佐

---

[1]《韧猿》：常磐津舞蹈曲目，正式名称为《花舞台霞猿曳》，取材于狂言《韧猿》，公元 1838 年市村座首演，中村重助作词，五世岸泽式佐作曲。代主公前来参拜八幡宫的女大名路遇小猴，欲取猴皮做箭筒，请求耍猴人割爱，被拒，怒而欲杀之。耍猴人泣而举杖，小猴以为只是表演，接过竹杖表演划船。女大名悯其天真无邪，决心放过小猴。小猴为表谢意跳起舞蹈，女大名心喜之，赏赐诸物后自己也跳了起来。

久间町[1]当铺大和屋的掌上明珠。她舞蹈天分不错，家境也殷实，师傅就没将她的节目放在开头，而是特意挪到了后面。阿定是个小圆脸、大眼睛，娃娃似的可爱姑娘，身穿缎子戏服的随从扮相连平素见惯了的小夜都不禁看得入迷。眼下便是这个阿定失踪了。

当然，阿定并非独自一人在后台，还有她姐姐阿惠和婢女千代、阿绢跟着照顾她。母亲阿熊自正旦以来一直卧病在床，非常懊恼自己无法前来观看今天的大公演。父亲德兵卫则邀请了四五个亲戚坐在台前正中央。姐姐和婢女们直至方才都跟在阿定身边，只在前一个节目开演时出了后台，去楼梯口抻着脖子观赏了一阵，阿定便在这空当里不见了。然而，后台除了这三人外，还有其他要上台表演的孩子，还挤着大量帮佣和照料者。众目睽睽之下，阿定能藏在哪儿？三人慌忙去二楼观众席寻找，也

---

[1] 佐久间町：神田佐久间町，今东京都千代田区神田佐久间町、外神田一丁目。

找了茅厕和院子。德兵卫闻讯，也惊讶地跑来了后台。

缺了缀衣随从，节目自然没法演，表演者忽然在后台失踪也是大事。师傅光奴脸色大变地吵吵嚷嚷，内门弟子也与其他人一起在屋内四处搜索，但始终不见阿定身穿缀服的可爱身影。现场大量人员挤在一处，众人的注意力又都在自己负责的孩子身上，因此没人知道阿定的动向。姐姐和两个婢女自然要负责，被德兵卫咬牙切齿地大骂了一顿。遭斥责的三人哭丧着脸到处寻找，但始终找不到阿定。

"究竟怎么回事？"德兵卫茫然无措地说。

"是啊，到底怎么了呢？"光奴也快哭了。

事已至此，比起斥责、发怒，德兵卫更惊诧于女儿凭空消失的怪事，有些恍惚。阿定即便只是个九岁小儿，但已上好妆穿好戏服，不可能随随便便跑出门去。账房的人若瞧见缀衣随从跑到外面，照理也一定会制止。既然不可能跑出去，屋里也没有，阿定便是凭空消失了。

"或许是神隐吧。"德兵卫叹了口气，喃喃道。

那个时代的人都相信神隐。事实上，若不这么想，实在无法解释眼下的状况。若不是神明或天狗干的，没道理发生如此离奇之事。最终，师傅哭了起来，其他孩子也一齐放声大哭。骚动传至二楼观众席，众人担心自家孩子，纷纷涌向一楼。花俏靓丽的舞蹈后台一下变成了惊怖与混乱的修罗场。

"兴许是今天的公演太景气，被人使了坏。"也有人缩着脖子悄声说道，看样子其实也有几分忌惮天狗。

这时，半七正好来了。他也收到了师傅送来的手巾，于是包了几个喜钱来捧场，一进门，正好撞上这场骚动。半七听完事情始末，皱眉道：

"哦？这确实怪了。总之，我先去找师傅仔细问问吧。"

走进屋里，他被光奴和德兵卫左右围住。

"头儿，请您想想办法，我实在对不起大和屋老爷。"光奴泣道。

"看来遇上大事了。"

半七抱臂思考了起来。他知道阿定长得可爱，心忖大约有人趁乱掳走了孩子。那时候不仅神隐多，拐子手也多。半七首先怀疑拐子手，可这样一来就很难找线索了。若歹人一早便盯上了阿定，那另当别论，可万一歹人是从院门偷溜进来，原本只想趁乱偷些衣服财物，偶然见到个漂亮女孩才临时起意拐走，那要追查可就难了。不过，阿定虽是个孩子，但已有九岁，应该会设法呼救。一旦出声，便会引起大量人围观。若要趁孩子不备悄无声息地掳走她，犯人必须老于此道。半七在心里将有案底的嫌犯从头到尾过了一遍。

　　之后出于谨慎，半七又下到院子里。说是院子，其实不过是块二十来坪的细长地皮，上头种着些樱树、梅树之类，墙边矗立着一棵松树。半七踩着踏石将院子的角角落落都查看了一遍，没有找到外人潜入的足迹。一旁的栅门从里头上了锁。掳走阿定的人不像是从前头大门进来的，怎么想都应该从旁边的栅门潜入，经过院子溜进后台的，结果栅门却从里头上了锁，院子里也没有可疑脚印。如此看来，半七的推断落了空。半七站在石灯笼旁再度陷入沉思，他不经意地弯腰瞧了瞧外廊下方，结果正看见里头躺着个随从打扮的少女。

"喂，师傅，大和屋老爷，你们过来一下！"他在院子里喊道。

二人听到呼唤后走到外廊，顺着半七指着的方向一看，不禁"啊"地惊叫出声。众人听到惊呼，也慌忙跑到外廊上。阿定冰冷的尸骸从外廊底下被拉了出来。

女人孩子们一齐哭出了声。

是谁残忍地杀害了阿定，又将她丢进了外廊底下？阿定细细的脖子上缠着一块白色手巾，毋庸置疑，她是被人勒死的。手巾是师傅光奴为了这次公演四处分发给大家的，白色底布上印染着大朵藤花，靛青的气味还很新。

如今已不必再管是神隐还是诱拐，很显然，勒死即将上台表演的小姑娘的凶徒不会是一般窃贼。半七认为，凶手要么对大和屋一家积怨颇深，如今伺机报复，要么是嫉妒小姑娘。大和屋是当铺，生意上少不了遭人怨恨。也有可能是其他孩子的亲人见阿定父母不吝重金让她穿上华丽戏服送她公演，心中嫉妒，这才让无辜少女遭了殃。这两个推论都有道理，半七一时也有些难断。

不管怎样，眼下唯一的线索就是缠在阿定脖颈上的白手巾。半七解下手巾，翻来覆去仔细查看。

"师傅，这是你分发的手巾，今天来的客人大抵都有吧？"

"并非人人都有，大概每组有两三块。"

"给田原屋的人送了吗？"

"送了。女侍们也送了。"

"原来如此。师傅，有件事想请你帮忙。我不便过去一一询问，想请你去二楼找被你送过手巾的妇人们问一圈。"

"问什么？"

"问她们是否带着手巾……未出闺的姑娘和小孩子不用问，只问染了黑牙的已婚妇人 [1] 即可。若有人说没带，马上来通知我。"

光奴立刻去了二楼。

---

[1] 日本旧时已婚妇女习惯用铁浆将牙齿全部染黑。

"再说下去就太长了，我直接揭晓谜底吧。"半七老人说。

"师傅去了二楼，逐一询问了观客，却没问出个结果。想来定是师傅客客气气问话，才会问不出来。她问了二楼，又问了后台，总也没收获，我只好自己去审问田原屋的女侍们。田原屋有四个女侍，领头的是个叫阿滨的女子，三十一二岁，头发盘在后脑，牙齿涂着铁浆。她是田原屋的亲戚，去年来这边帮忙。我严厉审问了她一番后，终于让她招了。"

"是她杀的人？"我问。

"她本就脸色白得跟鬼一样，一开始态度就很怪，我就审问了一番，结果竟顺利地令她坦白了。她以前在两国一带的大商铺里帮佣，跟主人私通后有了身孕，回老家生下一名女婴。由于主家没有孩子，嫡妻知晓情况后想要收养女婴，但阿滨母爱深厚，不想将女儿交给主家抚养，坚称再怎么辛苦也要自己将她拉扯大。后来在多位中间人的轮番劝说下，阿滨最终收下一大笔安置金，将女儿交给主家，并从此与她断绝关系。然而，阿滨怎么也无法停止思念女儿，忧思成疾，缠绵病榻两三载，几乎花光了主家给的安置金，着实划不来。即便如此，待身体好了一些，她又去了三四个雇主家干活，但一去有孩子的家中就会虐待孩子，故而每处都待不长。她说自己不想去有孩子的家里做事，于是来了远房亲戚家的田原屋帮忙。说了这么多，你应该大致明白了。那天，阿滨见到身穿华美缎子戏服的阿定，觉得她可爱，不禁看入了迷，接着想到自己的孩子如今也该是这般年纪了，顿时无法淡定，便悄悄将阿定叫到院子里，冷不防勒死了她。当时是白天，后台也乱哄哄的挤满了人，却不知为何无人发现她的行迹。明明只要有一个人注意到了，这场骚乱就不会发生，可事情偏爱在关键时候出错，着实令人不可思议。"

"可那块手巾又有什么问题？难道上面留了证据？"

"手巾上隐约留有齿印，是淡淡的铁浆痕迹……我就判断是平时惯用铁浆染齿的女人从袖兜掏出手巾后，顺手递到嘴边咬住时留下的，所以才只审问染黑齿的女人。阿滨那日刚涂了铁浆，许是还未干透。"

"那女人之后如何了？"

"自然是判了死罪，但上头似也对她有几分怜悯，故而以审问尚未结束为由，将她关了两三年，最后死在了牢里。大和屋可怜，阿滨也可怜得紧哪。"

二

"是啊。"我也叹了口气，"这样看来，光取缔自行车和载货马车也没用。"

"是啊。不管怎么说，身病好医，心病难治。除了方才讲的那事外，还曾有过这样的事哩……"

于是，半七老人又讲起了另一个故事。

此事发生在庆应三年（1867）。

芝田町[1]一位木匠的儿子忽然病死。木匠是住在町中后巷长屋里的由五郎，儿子由松当年六岁。七月三日傍晚，由松忽然脸色一变，随即疼痛难忍。母亲阿花吓了一跳，连忙去喊町中大夫。大夫也说不出个所以然，只说许是吃坏了东西，姑且依

---

[1]芝田町：今东京都港区芝五丁目的一部分。

例进行了治疗。由松手脚痉挛，半个时辰后就咽气了。父亲由五郎从工地回来时，心爱的独子已成一具冰冷的尸骸。

由五郎震惊过度，甚至忘记了流泪。他劈脸就给了妻子一巴掌：

"臭婆娘，我一不在家，你成天就知道找邻居乱嚼舌根，把宝贝儿子都害死了！快把我儿子还来！"

由五郎素来溺爱独子，恨不得每时每刻搁在自己眼皮子底下。如此疼爱的幼子竟在自己外出期间突然死亡，也难怪性急的木匠会一下子认定是妻子疏忽所致，不分青红皂白地冲上去指责。

"你说！丈夫不在，你便害死了孩子，我看你还能有什么借口！你说啊！"

他不顾在场众人制止，又要冲上去殴打妻子。心爱的孩子意外身亡，妻子本来就有些精神错乱，眼下又被丈夫一阵苛责，似乎也一下子气血上头，面色苍白地拨开散落的发丝，跪坐在丈夫面前道：

"我罪该万死，这就给您赔罪。"

话音刚落，她便赤足奔出了家门。在场众人见她神色不对，立刻追了出去，但已晚了一步。大街对面便是高轮海面，转瞬之间，妇人的背影已消失于岸边。

　　由五郎这才后悔自己太过性急，可惜为时已晚。妇人的尸体被打捞上岸，与儿子的尸体并排躺在狭窄的六叠间内。一下失去妻儿的由五郎也失魂落魄，一声不吭地呆坐着。屋内聚集了八九人，在残暑仍盛的七月夜晚为两位刚过世的逝者守夜。

　　席间，邻居纸屑商的媳妇开了口。她也刚在四五日前没了七岁的儿子。

　　"世事难料啊。我家孩子走时，嫂子还忙前忙后帮了我家不少。这才过了几日，她就成这样了……而且连阿由也……唉，也不知是怎么了。我家孩子当时也和阿由一样，忽然脸色大变，不到一个时辰就没了。大夫也说不清病因，难道近来小孩子之间流行恶疾？真是受不了。说到这个，其实有件事，我总觉得过意不去。是这样的，我家孩子有个喷水管，我给了阿由。现在想想真不该那么做，把过世孩子的遗物送给别人着实不妥。只是今早阿由来我家玩，问我：'婶婶，那个喷水管还在吗？'我说还在家里，然后拿出来给他看。他说能不能送给他，然后就拿回家了。结果，阿由又成了这样……看来绝不能把过世孩子的遗物送给他人。我总觉得自己做错了事，心里很不是滋味。"

纸屑商媳妇十分懊悔自己的疏忽大意。第二天傍晚，这对不幸母子的尸体被送往品川某寺，顺利下葬。由五郎自暴自弃，借酒浇愁，之后便不再上工。

"这事偶然传进了我的耳朵，我又是个听了就放在心上的，没法当没听见。"半七老人说，"那木匠儿子和纸屑商儿子若真是病死，那也无可奈何。虽然两家近邻同时办丧并不稀奇，但我还是有些在意，便上报给八丁堀的老爷，着手调查了一番。"

"这么说来，那两个孩子果真是遭了人祸？"我问。

"是啊。实在太可怜了。"

五六日后，由五郎自不必说，纸屑商五兵卫和他的媳妇阿作也在房东的陪同下被传唤到了当月轮值的南町奉行所[1]。死去的由松从纸屑商媳妇处得来的喷水管也成了证物搁在众人面前。虽然如今已很少见，但在当时那些夏天的玩具里，最受孩子欢迎的就是水炮和喷水管。喷水管是烟杆那样的竹管，中间会用两三个方木块来让管道拐弯。玩的时候，将一端插进提桶或洗手盆里，水就会沿着竹管流到另一头喷出。但光喷水不好玩，所以末端还安了个陶土青蛙，水就从青蛙嘴里喷出来。这玩具的精巧之处在于，从蛙口喷出的水柱可以射得老高。孩子们都喜欢这种喷水管，只是谁都没有想到，这喷水管竟能被拿到奉行所的白洲[2]上，成为严厉审讯的源头。

---

[1] 南町奉行所：江户时代，江户市中有南、北两个奉行所，执行月番制，即按月轮流当值负责整个江户的行政、司法事宜，而非分治南北两地。

[2] 白洲：江户时代奉行所内审判平民案件的法庭，因嫌疑人跪坐的位置铺着一层白色砂石而得名。

官差先问纸屑商夫妇这喷水管的来历，丈夫五兵卫战战兢兢地说：

"其实这喷水管不是买的，而是别人送的。"

"谁送的？老实交代！"负责审问的与力追问道。

"芝地露月町的山城屋送的。"

所谓的山城屋是当地有名的刀铺。上月底，五兵卫如常出门做生意，来到山城屋后门。熟识的婢女卖了废纸后拿出青蛙喷水管，让他带给自家孩子。五兵卫高高兴兴收下，拿回家给了儿子，结果第二天儿子就急病骤亡。之后，这喷水管又给了木匠家的孩子，那孩子也在当天猝死。

查明以上事实后，相关众人都暂且获释，只是受到严令，绝不可声张喷水管之事。此后十来日风平浪静，待到盂兰盆节一过，山城屋老板娘阿菊和侍女阿笑便被传唤到了奉行所。由于此二人一直未被放回，世间开始传出各种风声。九月中旬，审判下达。婢女阿笑流放孤岛，老板娘阿菊则处死罪。

霎时间，各种流言四起，但真相其实是这样的。阿菊因是继室，平素视今年八岁的嗣子为眼中钉。她就像世间常有的那些恶毒继母一般，想要除掉嗣子，于是买了青蛙喷水管玩具。玩具一端插入水中后，流入的水一般不会自然而然从另一头涌出，通常要用嘴把水吸出来。也就是说，一开始需要人嘴贴青蛙嘴，将水吸出。之后，水就能自然喷出了。正因如此，玩喷水管的孩子必须吸一次蛙口。如果水流不畅，可能还需要吸两三次。说到这里，后续应当不必细说了。阿菊在那陶蛙上涂了毒药。

　　但是，阿菊还是有些迟疑是否真要将它交给嗣子。最终，她对这可怕的阴谋心生畏惧，决意终止实施，只是不知该如何处理这玩具，便吩咐婢女阿笑悄悄将它丢进芝浦海中。当然，若阿笑乖乖听命，将玩具扔进海里便无事，可她不知其中秘密，嫌特意跑去海边丢弃太麻烦，便随意给了凑巧过来的纸屑商五兵卫，结果害他儿子吸了蛙嘴死亡，接着又是由五郎的儿子，造成了一个喷水管玩具杀死两个孩子的惨案。

虽说是半途终止，但阿菊到底企图毒杀继子，理应获罪，更何况还祸及纸屑商之子和木匠妻儿，按照那个时代的律法，处以普通死罪已算轻的了。阿笑虽说不知情，但正因她违背主命将喷水管送给他人才招致如今的结果，故而也无法免于重罚。

奉行所的记录只留下这些事实，并不知晓阿菊的致命毒药从何处得来。若阿菊供出了卖药之人，那人自然也该受刑，但判决书上只记载了阿菊和阿笑，并未有其他相关者。故而，此案只说是误服毒药，至于是何种毒药，如今已不可考。

"其实当时已经查明提供毒药的大夫是谁了。"半七老人在此说明道，"但那厮动作很快，一听说山城屋的老板娘和侍女遭奉行所传唤便连夜逃走，不知去向了。之后幕府垮台，江户成了东京，案子自然也不了了之。真是个好运的家伙。"

"这么说，那个喷水管是您报告的？"

"守夜那晚，纸屑商媳妇不经意提起喷水管玩具，我以此为线索，揪出了这么一桩大案。我以前同你说过笔铺女儿的事吧？那事就发生在此事一个月后。相似之事，世上数不胜数呀。"

02

洋人头颅

一

文久元年（1861）三月十七日傍晚六刻左右，半七办完事从外头回来，正与媳妇阿仙面对面坐着吃晚饭时，妹妹阿斋来了。之前已介绍过，阿斋是艺名文字房的常磐津师傅，与母亲一起住在外神田明神下。

"天气好起来了。"阿斋露出洁白的牙齿笑着点头打招呼道，"阿嫂，今年去赏过花了吗？"

"没呢，哪儿也没去……"阿仙笑着答道，"你阿兄他忙，我也没时间出门。"

"阿兄也还没去？"

"这时节，哪有闲工夫去赏花，简直一个人掰成两个用都嫌不够。"半七说，"你就算拿了赏花手巾，或是扛了阳伞过来，今年我也去不成。"

"哎呀，性子真急。我又不是为这来的。"阿斋微微正色道，"阿兄，昨晚末广町[1]那事，你可知道了？"

"末广町……怎么？发生小火灾了？"

"别开玩笑。若只是小火灾，我能着急忙慌地特意跑过来找你？看来你真不知道。这还真是灯下黑。自己地盘里的事，你竟……"

"若是昨晚的事，照理早该传进我的耳朵里了……究竟什么事？"半七也微微正色，面向阿斋问道。

"告诉你之前……是这样的，阿兄，这月二十一日，我想去飞鸟山[2]赏花。可如今世道不稳，本想着今年就不去了，可那群孩子不答应，最后决定和往年一样结伴前去。听闻近来向岛那边总有醉醺醺的浪人冷不防抽刀乱砍人，就想着去远些的飞鸟山。眼下孩子们已聚集了三十来个人，可这

[1] 末广町：今东京都千代田区外神田三丁目一带。

[2] 飞鸟山：位于今东京都北区南部，王子站西侧的台地。自江户时代起便是赏樱胜地，明治六年（1873）成为飞鸟山公园。

种事多一个人就多一份热闹，若阿嫂有空也可以一起……"

"慢着，慢着。方才不就跟你说了没空赏花？不说这个，那末广町究竟发生了何事？"

"所以呀，阿兄……"阿斋撒娇似的说。

"阿斋也真是机灵。"阿仙笑了起来，"想拿那事跟你阿兄交换，让他给你找赏花同伴？"

"算上阿嫂，此外再邀个五六人就成……阿兄，好不好？"

艺人需要摆排场，尤其是女师傅们，为了给自己的赏花活动造势，似乎一直在四处奔忙邀请弟子以外的团体。阿斋则打算以自己手上的某个消息作为交换，让兄长帮忙。半七笑着点头。

"行，行，但要看你消息的质量。只要你的消息好，别说十个二十个，就算是五十个、一百个人，我也给你找来。赶紧先把事说了吧。"

"那可说好喽？"

叮嘱一句后，阿斋便报告了如下事实。昨晚末广町一家叫丸井的当铺遭遇了可怕的强行质贷。丸井是当地老字号，昨晚四刻半（晚上十一时）左右，有人拍响大门。当时已过四刻，因此丸井并未开门，只在门内告知对方有事明早再来，可外头的人还是敲个不停，说自己是从银座[1]山口屋来的，有急事。山口屋是夫人娘家，铺上伙计担心有娘家人突然生病，立刻开了门，结果两个以黑巾蒙面且没提灯笼的男子一下窜了进来，开口就要见老板。来者上身穿黑色棉质外褂，下穿小仓织[2]裙裤，腰间插着长刀。掌柜长左卫门一看是近来猖獗的强行质贷，便壮起胆子上前说，主人抱恙，自傍晚便卧床休息，自己是掌柜，两位若有事可与自己商量。两名武士面面相觑，又问掌柜是否可以做主。局势愈发紧张，铺上的伙计和学徒都瑟瑟发抖。长左卫门镇定地回答，自己可以代表主人答复任何问题。

对此大胆的回答，两名武士再度对视一眼，接

---

[1] 银座：今东京都中央区银座，江户幕府时期是官府负责贩卖银块、铸造银币的场所。

[2] 小仓织：江户时代丰前小仓藩（今福冈县北九州市）的特产棉布料，特征是纵向条纹，质地优良。

着其中一人取出一个裹着白棉布的沉重包袱放在长左卫门眼前，要求以此质贷三百两金子，利息由铺子决定。掌柜愈发确信来者是想强贷，便开始查看他们带了什么东西，谁知包袱内竟出现了染血的油纸。掌柜继续剥开油纸一看，里面赫然是一个刚砍下的人头。掌柜当即大惊，其他人更是大气也不敢出。

众人之所以惊骇，不单因为那是一颗人头，更因为那貌似并非日本人的头颅。当众人看清那是个红发红髯的洋人头颅时，一时惊恐翻倍。两名武士将人头递至掌柜面前说："见了此物，应当无需我等多言。我等举兵攘夷，今夜便抹了这洋人的脖子祭旗。虽知是强人所难，但还请以此为质押，助我们筹措军费。"原本掌柜盘算着，若只是普通强贷，便一人给个五两，将来者委婉地打发走。可当看见眼前的人头——还是洋人头颅时，他不得不立即改变想法。

这时期多有借口筹措攘夷军费，四处勒索商家之事，致使麻疹和浪人成了江户人最忌讳的东西。

当然，其中也有真正的浪人，但大多还是假扮浪人的伪攘夷派。小官吏家品性恶劣的次子、三子，还有些无赖商人、匠人摇身一变成为抗击外敌的攘夷志士，满江户恐吓勒索。即便都属强贷，只要打着攘夷、救国的旗号便很容易唬住安分的生意人，因此有些小聪明的恶棍无赖都摇身一变成了攘夷派。不过，众人已渐次摸索到了应对方法，因此近来已不像从前那般惧怕所谓的攘夷人士。换句话说，攘夷派在人们眼中已逐渐变得与蝙蝠安、与三郎[1]等人物无异。丸井掌柜长左卫门之所以能保持相对沉着，也是因为小瞧了他们。

但此刻他才发现自己错了。他们并非打着攘夷旗号的歹人，而似乎是真正的攘夷志士。他们没有照搬千篇一律的说辞耍嘴皮子，而是带了活生生的证据前来。那被用来祭旗的洋人头颅正鲜血淋漓地

---

[1] 均为歌舞伎剧《与话情浮名横栉》中的登场人物。与三郎与当地豪强的妾室阿富互生情愫，私情败露后被砍伤并投入海中，大难不死在镰仓获救，之后成为无赖，与脸上有蝙蝠刺青的蝙蝠安搭档，以敲诈勒索为生。

放在油纸之上。自诩胆大的长左卫门也渐渐变了脸色，头也似被人按着一般低了下去。到此地步，他已落了下风，之后讨价还价了几句，最终把抵押价砍到一半，恭敬地奉出一百五十两，武士们也勉强收下走了。临走时，他们说要将洋人头颅留下做质押，但在掌柜的一再致歉恳求之下，最终还是带走了这骇人的质押品。

半七听完报告，叹道：

"唉，这还真是头回听说。我竟一点也不知情。不过，丸井为何要隐瞒此事？如今这局势，上头已经说了，若发生此类事件，务必知会有司呀……真搞不懂他们。"

"这个呀，阿兄，"阿斋进一步说明道，"是因为那两个浪人临走时说了，他们的计划若中途泄密，后果相当严重，让丸井千万不要声张。他们还再三恐吓丸井，万一走漏风声，其他与他们志同道合之士定会蜂拥而来，从主人开始杀尽全家，让他们好自为之。正因如此，丸井才严令家中众人噤声，谁都不许声张。"

"那你又是怎么知道的？"

"我毕竟是神田半七的亲妹妹嘛。"

"少耍嘴皮子，严肃点。这可是公务！"

阿斋得知丸井秘密的始末是这样的。丸井铺上有个年轻伙计叫初藏，时常到阿斋那儿消遣。阿斋请他加入飞鸟山赏花之行。初藏起初答应了，可今日午后突然上门推托。他怕遭师傅埋怨，便透露了昨晚之事，同时再三解释，自己在这节骨眼上很难外出，请师傅千万不要怪罪自己。阿斋说，若他只是想为自己毁约找借口，倒也不必撒这么夸张的谎，故而此事一定是真的。半七也这么觉得。

阿斋叮嘱兄长，若被人知晓此事出自自己之口，那对自己、对初藏来说都是麻烦，虽则阿兄机灵，但还是请他务必保密。临走之时，她又叮嘱道：

"阿嫂，二十一日一定要来哦，一定再邀请五六人一起来哦。"

二

半七早早吃完晚饭，立刻造访了末广町的丸井铺上。他们门帘上印的字号是圆圈中间一个"井"字，故而通称丸井[1]，其实正式商号是井泽屋。半七认为将调查放到明面上反而难有成效，便叫出掌柜长左卫门小声问道：

"我听说你们昨晚摊上了件大事？"

当铺向来容易扯上作奸犯科的案子，故而丸井的掌柜与半七很是熟悉。

"已经传进您耳朵里了？"掌柜皱眉道。

"嗯，听到了些传言。掌柜的，虽然他们扬言你们泄露风声便要来报复或者放火烧铺子，其实根本不必担心，所以你务必将事情一五一十地告诉

---

[1] "丸"在日语中是圆形、圆圈之意。

我。若你这会子非要隐瞒，日后万一受到牵连，反而对铺子不好。"

"是，是，您说得太对了！"

碍于对方身份，长左卫门似已明白眼下只能乖乖坦白一切，于是无论半七问什么，他都知无不言，但事情原委与阿斋说的别无二致。长左卫门说，虽然两名浪人都蒙了面，辨不清长相，但年纪都在三十上下。至于嗓音，由于两人多少用了些假声，因而不甚明晰，且言语间并未带有明显的地方口音。长左卫门又说，对方带来的确实是洋人头颅，而且除自己之外，还有另外三名年轻伙计和两名学徒在场，大家都见过那洋人头颅，故而应该不会有错。

"我本以为是近来常见的强贷，最初多少有些小瞧他们，谁知他们突然拿出洋人头颅来，着实把我吓了一跳。"长左卫门皱着眉低声说道，好似当时情景仍历历在目。

半七默默听着，觉得也打听不出其他信息了，今夜就先与长左卫门道别了。临走前，半七还一再嘱咐，虽然那二人应当不会再来第二次，但万一他们今晚又来，一定要立刻通知自己，绝不可隐瞒。

半七回到家后，只见小卒松吉正等着自己。他报告说，昨晚有两个浪人到深川富冈门前[1]的当铺近江屋强贷，亮出洋人头颅索要攘夷军费。

"这些家伙真不像话。"半七咂嘴道，"其实我刚为了这事跑了趟末广町。"

"意思是，末广町也出了这样的事？"

"过程一模一样。"

听罢，松吉也咂了砸嘴：

"确实不像话，到处干这些勾当。可是头儿，他们既然提着头颅到处索钱，莫非是真正的攘夷志士？"

"或许吧。"

半七正思考间，松吉从钱夹中小心取出一个小纸包，里头装着一根红色毛发。

---

[1] 深川富冈门前：深川富冈八幡宫南部的门前町，实际为永代寺门前町。今江东区富冈一丁目。

"这是我从近江屋门口的泥地上捡来的。"松吉得意扬扬地说，"为了找线索，我睁大眼睛把那里仔细搜寻了一遍，终于在角落里找到了这么一根头发，大约是清扫铺子时落下的。"

"嗯。"半七在手掌上摊开纸包打量道，"好像是洋人的头发。"

"对，对！应当是那浪人拿出脑袋摆弄时掉了一两根，结果谁也没发觉，今早被学徒们扫出来了。如何，能不能派上用场？"

"不错，这是个大发现。你这回可办了件好差事！昨晚他们是什么时辰闯进深川当铺的？"

"听说是五刻（晚上八时）前后。"

"还刚入夜。看来他们抢完了深川，接着就绕去了末广町。一晚上挣得倒不少。"半七再度咂嘴道，"总之，这东西先收在我这儿。"

"头儿可还有别的吩咐？"

"嗯，得先查了这头发才能知道。你明日午时前后再来一趟。"

打发走松吉后，半七捏着那根头发观察了好一阵。若不先辨清这究竟是真正的洋人头发还是用药剂或画材染的毛发，便无法继续往下查。

次日上午，半七前往八丁堀同心宅邸报告了神田与深川发生的事。当时正值幕末乱世，八丁堀的差役们也无法轻易判断他们是真正的攘夷志士还是伪浪人。众人都赞成半七的意见，决定先鉴别头发真伪，于是将之送至某西洋法医处鉴定，得知那不是用药剂或颜料染成的日本人毛发，也不是兽毛，确实是洋人的头发。

半七最初怀疑可能是假浪人掘墓盗出死者头颅，为其染发或戴上假发，再在头颅面部化妆，将其巧妙地伪装成洋人模样，抱着它四处作案。可既然鉴定结果的确是洋人头发，半七也不得不重新考虑。不过，当时住在江户的洋人非常少，除了公使领事外只有两三名书记官或翻译官。虽然美国、法国、荷兰、普鲁士、沙俄分别在麻布 [1] 善福寺、三

---

[1] 麻布：现东京都港区麻布，旧麻布区，在爱宕山增上寺以西。

田 [1] 济海寺、伊皿子 [2] 长应寺，赤羽接遇所 [3]、三田大中寺设立了公使馆或领事馆，但这些都经过幕府允准，其中人员的姓名也都一清二楚。若其中有人被取了首级，这边应当立即就能知晓。洋人不可能保持沉默。从赫斯肯一案 [4] 便能看出，他们一定会向幕府提出严正抗议。而既然他们至今没有动静，显而易见，这头颅的主人并不住在江户。

"莫非是横滨？"

半七提出自己的意见。得到奉行所允准后，半

---

[1] 三田：今东京都港区三田町一带。

[2] 伊皿子：伊皿子坂，位于今东京都港区三田四丁目、高轮二丁目之间的坡道。

[3] 赤羽接遇所：安政六年（1859）将饭仓五丁目本用作讲武所附属调练所的 2800 坪（约 9256 平方米）地改建而成的外国人宿舍兼招待所，位于今东京都港区东麻布一丁目。

[4] 公元 1861 年 1 月 15 日，美国驻日总领事馆的荷兰语翻译官亨利·赫斯肯（Henry Heusken）从普鲁士王国的使节宿舍回美国公使馆途中，在芝赤羽新门前町的中之桥北侧遭攘夷派"浪士组"所属的萨摩藩士伊牟田尚平等人刺中腹部，翌日死亡。其墓碑位于今东京都港区南麻布四丁目的光林寺内。

七决定于当月二十一日自江户出发。如此，阿斋非但邀不成兄嫂去赏花，反而要来神田三河町兄长家送行。虽然横滨距离江户只有七里 [1]，但在当时也算远行。

"阿兄，愿你一路顺风。路上小心。"

背后传来阿斋的声音。半七带着小卒松吉，于清晨六刻半（早上七时）从神田三河町自宅出发。其他小卒则一路送行至高轮。这时节每天都是大晴天，穿着棉衣旅行已有些热了。品川海面上空万里无云，御殿山的晚樱也即将凋零。

"头儿，这时节出远门真舒服。"松吉悠闲地说。

"是啊。若身上没公务就更好了。可惜天不遂人愿哪。也罢，咱们就当是去横滨赏玩的吧。"

"是啊。我也一直想去玩一趟。"

前年（安政六年）六月二日，幕府开横滨港

---

[1] 江户时代尺贯法下的"一里"约合现在的 3.9 千米，故而这里说的"七里"约合现代的 27.3 千米。

后，紧接着开辟了海岸通、北仲通、本町通、辩天通等道路，还架设了野毛桥。第二年，即万延元年四月，太田屋新田的沼泽地被填平，开设了港崎町游郭，此外又建了外国人商馆，到处都是令人耳目一新的气象。于是，近来游赏横滨已成为一种风气，从江户出发前往横滨进行两日一夜旅行的人也不在少数。

年轻的松吉非常高兴能前往横滨办差，自从出了江户便兴致勃勃。半七去年已去过一次，对横滨大致已有所了解，但心中亦是好奇日新月异的新兴港口都市在这一年间的变化，因而心情愉快地走在暮春的东海道上。

当时，高岛町 [1] 一带还未填海，因此两人先抵达神奈川宿，在宫渡口付了十六文钱搭上渡船，来到平野间（现在的平沼）西边，踏上横滨的土地时

---

[1] 高岛町：日本神奈川县横滨市旧町名，今西区高岛。明治三年（1870）为了铺设铁道，野毛浦至神奈川宿青木海岸之间填埋出长 1400 米、宽 65 米的带状陆地，并租赁给当时负责填海工程的高岛嘉右卫门，故得名高岛町。

已是傍晚七刻半（下午五时）左右。两人立刻前往户部奉行所告知自己奉命前来查案，随后去大街上寻找投宿客栈。此时，他们遇上了一名年轻男子。

"这不是三河町的头儿吗？"昏暗天色中，他定睛望着半七，开口道。

三

半七和松吉都停下脚步。

"哟，是三五郎啊。巧了。我正想着找家客栈安顿好就去找你呢。"半七说。

"那确实挺巧。阿松身子骨还是那么结实，甚好。大街上不好说话，你们随我来吧。"

三五郎带头迈开脚步。他是高轮捕吏弥平的手下，去年跟着一位江户与力过来横滨当差。他在江户时曾受过半七的照顾，因此不敢怠慢今晚久别重逢的主从二人。三五郎领着二人来到附近一家食肆，有些怀念地说：

"久疏问候，真是对不住你们二位。你们这次是过来游览的，还是有公务在身？"

"一半一半吧。"半七风轻云淡地说，"这儿一个劲开拓发展，想必比江户有趣得多吧？"

"您说得不错。这儿日新月异，加之突然间万国来聚，确实有不少稀奇事。"

前不久就有两个沙俄水手去神奈川附近的村子散步，瞧见某个农民种的大葱，就想买个十来根，结果双方语言不通，只好用手比画。农人瞧着对方是洋人，打算敲他一笔，于是伸出一根手指，表示要一分金子。结果对方以为要一两，直接拿了一两金子出来。农人着实吓了一跳，连忙摇头表示不对，谁知两个洋人以为是农人不肯卖，于是丢下一两金子，抓着十根大葱就跑了。农人愈发震惊，嘴里喊着"不对，不对"追了上去。邻居听见喊声，也一起追了出来。洋人越发狼狈，拼命逃走。其中一名水手甚至中途滑落浅沟，满身是泥地四处逃窜。这种十根大葱卖了一两，买方还拼死逃命的事也算是前所未有的奇闻了。

听了众多这类故事后，半七和松吉也不禁捧腹大笑。讲述人与听者都笑谈着彼此敬酒，过了一会儿，三五郎神情有些严肃地说：

"不过，也不只有这些滑稽事，也有烦人的。

毕竟眼下不仅洋人，连日本国内各地的人也纷纷涌入横滨。里头有戾气重、爱喊打喊杀的，也有为非作歹的。而且……"他的眉头皱得更紧，"那些冲着洋人去的浪人也来横滨了。照理说，神奈川的关卡应该拦下了大部分攘夷浪士，也不知他们怎么瞒天过海的，时不时还是能混进来。其中还有冒牌货。这些人是最麻烦的。前不久刚出过有人以筹措攘夷军费为名强贷敛财的事。"

"那些人如何了？都捉拿归案了吗？"半七问。

"没有。坏就坏在这里。"三五郎摇摇头，"听说都是同一伙人干的。"

据三五郎说，有伙人自去年岁末开始就在横滨强索军费。当然，虽不知他们身份真假，但他们每次出现都是两人一组，抱着个洋人头颅恫吓商家，说要以此质贷军费，遇上小商家就勒索三五十两，遇上大商家则卷走一二百两。有些受害者害怕报复而缄口不言，因此不知详细数目，但听说至少已有十五六户人家遭了殃。不知这伙人接下来还能干出什么混账事，户部奉行所已开始严厉追查，三五郎也为此拼命东奔西走，却怎么也寻不到他们的踪迹。他哀叹道，此事眼下正一筹莫展。

半七与松吉对视了一眼。

"那你觉得，那颗人头是怎么回事？横滨可有洋人被砍了头？"半七又问。

"若是有，应该马上就能知晓……"

"那最近可有病死的洋人？"

"应该也没有。"三五郎歪头疑惑道，"正因如此才想不明白。照我猜测，他们许是掘了哪里的墓地，寻了个日本人头颅巧妙装饰一番搞出来的洋人头颅。遭恐吓者都吓得浑身发抖，哪能仔细辨认是洋人还是日本人，头儿，您说是不是？"

他的猜测与半七最初的判断一致，但如今已不敢苟同。若真是掘墓，倒可能是挖了洋人的墓砍下脑袋，但既然最近没有洋人病死，这种怀疑也便随之烟消云散了。半七半眯眼沉默了一阵。三五郎开口说道：

"头儿，你们真是来玩的？莫非这事的风声传到江户，你们来看情况了？"

“哈哈，你眼力不错。确实是这样。”半七坦白道。

“哎呀，这可太好了。您一个能顶一千呀。”三五郎忽然精神抖擞，“其实我现在是束手无策。头儿，求求您，给我支个好着儿吧。”

“我也没什么好着儿，但我既然得了线索从江户赶来，自然不可能徒劳而返。三五郎，最近可有哪里的洋馆失窃？”

“这个嘛……”三五郎又歪头思索道，“遭贼的人家很多，但都是本国人，好像没有小偷闯进洋馆。”

“那有没有洋馆的人来报案？”

“没什么严重的，但我记得上月有件事。一家叫汤姆逊的英国商馆私下委托奉行所这样一件事。他们家有个叫罗伊德的年轻掌柜，去年夏季开始常跑去港崎町岩龟楼妓院玩耍，听说花钱颇为厉害，凭商馆给他的薪金是万万受不住的。他本人不可能那么有钱，因此商馆怀疑那些钱的出处。商馆老板怀疑他在账面上做了手脚，暗中变卖商品，于是进行了多方调查。但老板认为，跟他交易的肯定是日本人，因此请奉行所帮忙暗中追查。我也查了。原来那个罗伊德迷上了岩龟楼的妓女夕颜，当真为她大把大把地撒钱呢。"

"那个罗伊德长什么样？"

"听说出生在英国伦敦，好像二十七岁，日语说得不错，出手也大方，在岩龟很受欢迎。"三五郎笑道。他对这件事似乎并未多加在意，但半七却没有听漏。

"那罗伊德每次都是只身一人前去？"

"还带了个叫胜藏的伙计，这才叫商馆老板知道了。二月底胜藏就被辞了。听说胜藏当初在江户混不下去才去了洋馆做事，也是他带罗伊德去岩龟，教他怎么玩的。就算是洋人，被这种人一怂恿，也会自然而然跟着走。真是造孽。"三五郎依旧笑道。

"那个叫胜藏的后来如何了？还是在这一带游手好闲？"

"这就不清楚了。"

"那你赶紧查一查。他应该也有朋友吧？他被洋馆踹开之后干了些什么？是回江户了，还是依旧在这边？这些你都帮我查清楚。应该不是什么难事。"

"好，没问题。我会尽早打听出来的。"

"那就看你的了。"

半七付过账，三人离开食肆。天光虽已暗淡，夜色却泛着春意，和煦的风拂过微醺的脸庞。半七决定前往去年住过的上州屋，在此与三五郎告别。

"头儿，那个胜藏有嫌疑？"走出四五间距离后，松吉小声问道。

"嗯。我已大致弄明白了。只要将那个罗伊德抓来，事情便能解决。可他是外国人，终究麻烦些。也罢。跑这一趟总算有所收获。"

四

次日，两人还未起床，三五郎就来了上州屋。

"来得也太早了吧？横滨人真是不得了。"半七起身道。

"许久没见头儿您了，若一见面就挨您的骂可不好受，所以我昨晚赶紧跑去打听出来了。"三五郎自豪地说，"胜藏直至本月初都还在横滨游荡，但听说小半个月前回江户了。"

半七心里算了算日子，接着问三五郎胜藏在江户是否有亲友。三五郎回答胜藏在江户深川有个朋友叫寅吉，如今似乎是去投靠他了。

"叫寅吉的多得是，你可知他是干什么的？"

"确实。我只打听出那人叫寅吉，没人知道他是哪一行的，真头疼。"三五郎挠挠鬓角说。

"他既然和罗伊德一起成天混在岩龟楼，想必也在那儿有相熟的女人吧？"半七问。

"有，有。有个叫小秀的女人，听说胜藏那厮迷她迷得紧。不如我现在就去岩龟查查那女的？兴许她知道胜藏的去处。"

"不，慢着。不能打草惊蛇。"半七阻止道，"既然如此，也不用调查女人了。胜藏兴许还会回来。贸然出手若被察觉可就前功尽弃了。大白天的咱们明目张胆地闯进去可不行。总之先耐心等待天黑，再装成客人进去看看吧。"

"这样好。都到这一步了，没必要着急。"松吉也说。

"咱们今天就好好逛一逛横滨，等天黑了再办正事。"

三人在附近大致逛了一遍，傍晚时分回来了。

"接下来怎么说？直接过去？"充当向导的三五郎问，"可以不急着去岩龟。这里光参观也是让进的，不如先游览一番，再见机行事，如何？"

"也好。都到了这里，东道主怎么说，咱们就怎么办。"半七笑道。

游郭大门内栽种着柳树和樱树，嫩绿的影子在各家明亮的灯火下随风摆动。白花似被各家喧闹的弦歌追赶，纷乱飘散。三人在树木的青影中穿梭，沐浴着纷扬白花前行。虽还只是傍晚，但游郭里已挤满了游人和观客，摩肩接踵。

　　"比樱花盛开时节的吉原还热闹。"半七说。

　　这时，三五郎忽然扯扯他的衣袖，悄声道：

　　"啊，那边。那人就是罗伊德。"

　　半七闻言，仔细一瞧，发现大柳树下站着个洋人。他身形瘦削，穿着华丽的竖条纹洋服，帽檐压低，手持一细拐杖。眼下虽不能做什么，但既然幸运地在此撞见了罗伊德，半七自然免不了盯梢。他向三五郎和松吉使了个眼色，离开了有些拥挤的人群。三人站在樱树后，窥伺着年轻洋人的一举一动。

　　"那边就是岩龟。"三五郎又说明道。

　　罗伊德一直站在岩龟楼外两三间处，好像在等人。不久，两名男子从岩龟门口出来，后头又跟出来一个拉客茶馆的女侍。罗伊德见状，大步走出柳荫，瘦削的身躯拦在二人面前，挡住二人的去路。几个人站在原地小声说了些什么，接着两名男子与茶馆女侍道别，跟着伊罗德一起走了。

"其中一人是胜藏。"三五郎说。

半七闻言，点了点头。他低声与三五郎和松吉说了几句，尾随洋人和两名男子而去。游郭内此时游人如织，一个晃神就容易跟丢目标。好在里头有个高个子的洋人，胜藏他们才没能逃离半七等人的视线。出了游郭大门，道路渐渐昏暗。在轿行、酒家的幢幢灯影之下走了一段，出了填拓地界之后便是更加幽暗的田埂路。四下已有青蛙早早鸣叫了起来。

走在前面的三人一直在小声交谈，不久声音愈来愈响，罗伊德用零散的词组说：

"日本人，说谎，我不忍受。"

"什么说谎？方才跟你说了那么多，你听不懂？"

"听不懂，听不懂。你说的，都是谎话。"罗伊德激动地说，"那个东西，我很重要。请快归还！"

"说什么归还，你不也知道那东西眼下不在

这儿？"

如此争论几回后，胜藏推开罗伊德想要离开。罗伊德追上去把他拉了回来。洋人和两个日本人就这么在狭窄的田埂路上打了起来。半七见状，对两个手下说：

"别管洋人，你们去把胜藏和另一个人抓过来。"

三五郎和松吉立刻冲上去，不由分说按住了两个日本人。罗伊德吓了一跳，一溜烟逃了。

案件就此解决。

拎着洋人头颅勒索攘夷军费的两个浪人正是胜藏和他的友人寅吉。游手好闲的胜藏在江户混不下去，流窜到横滨，被汤姆逊商馆雇为伙计。他诓骗不熟悉日本的外国人，捞了些钱充盈钱袋，转头就去港崎町的游郭里鬼混，在岩龟楼的妓女小秀面前摆阔，不自量力地挥金如土。可他到底只是个伙计，无法长期维持如此奢侈的挥霍，于是便盘算着哄骗年轻掌柜罗伊德成为自己的酒肉朋友。当然，他只负责介绍引导，一切开支都由罗伊德负担。

罗伊德看上的是一名老实的年轻女子，叫夕颜。年轻的他被这个日本女子迷得神魂颠倒，自去年夏季起几乎每晚都来。如此，商馆给的工钱自不必说，连从祖国带来的钱都一分不剩地全花在了港崎町，甚至还欠了同在横滨的同国人不少钱，至今无法还上。即便如此，他还是无法忘怀那位日本姑娘，心中苦恼之际，就开始打起了一些邪门歪道的算盘。

此次案件，不知究竟是他提议的，还是胜藏想的主意，但胜藏声称是罗伊德的提案。不管怎样，总之是两人秘密商议之后，企图施行近来屡次发生的伪攘夷浪人强贷之事。然而，世人大抵已知晓其中冒牌货众多，仅靠言语威吓恐怕起不了作用。于是，为了证明自己是真正的攘夷志士，也为了恫吓对方，他们想出了携带洋人头颅的法子。当然，真正的头颅难以入手，但他们恰好有个合适的道具。罗伊德从故乡带来了一个巨大的蜡像，是上半身胸像，大小与真人一样，也有长长的头发。那蜡像雕刻得无比精巧，胜藏平素就感叹它宛若真人。此番恰好可以利用这一点，于是罗伊德砍下了蜡像的头，并在脖子切口和脸颊上涂抹了大量红色糨糊。

后来，当胜藏带着处理过的洋人头颅准备行事时，竟觉得单独一人不太好办，但又不能带罗伊德去，于是就去江户叫来了朋友寅吉。寅吉住在深川，是个走街串巷修理锅子、锁头的修补匠，惯爱赌博，也会闯空门。胜藏觉得他是做这种事的好手，便悄悄与他商量。寅吉觉得有趣，当即答应了。于是，他们打扮成蒙面浪人，自去年夏季开始在横滨勒索了二十多户人家，总共抢得一千五百余两金子，与罗伊德三人平分。汤姆逊商馆对此自然不知情，只是由于胜藏品行不佳，又察觉他就是罗伊德的酒肉朋友，最终在二月底将他辞退。

胜藏对此并不惊讶，只是随着自己做下的歹事愈来愈多，奉行所的追查也日渐严厉。他怀疑自己被商馆辞退可能也是奉行所从旁提醒。于是，胜藏与寅吉商议，决定在四月初暂且离开横滨。也即是在那时，他们未经罗伊德同意，擅自带走了敛财工具蜡像。他们觉得江户应该还不晓得这种新鲜玩意，便带着蜡像头颅去神田和深川征收所谓的"军费"，结果一晚上便顺利敛得二百五十两金子。两人立刻去了吉原，却觉得没劲。胜藏说还是神奈川好，寅吉也有同感。于是，无法忘怀神奈川游郭的两人明知危险，却还是回到了港崎町，结果在岩龟楼里遇上了罗伊德。

罗伊德一见他们，立即催逼他们归还蜡像。他们推说东西不在身边，但罗伊德不肯罢休。胜藏说，在这种人多眼杂的地方争执，万一让人听到，大家一块儿玩儿完，建议出去说。于是，罗伊德先一步来到大街上等待，胜藏和寅吉也跟着出来。三人一起走出游郭，沿着昏暗的道路边走边说。胜藏想再借用蜡像几日，到时连同两三百两金子一并归还。罗伊德不信，说擅自拿走他人物品之人不可能履行约定。然而罗伊德也是同伙，屁股也不干净，因此胜藏并不把他当回事。最终，三人起了内讧。他们完全不知自己身后已有黑影尾随。

胜藏和寅吉被半七拘捕后，招供了一切。他们起初抵死不认，但当半七说起"舶来品人偶头颅"一词，他们胆战心惊，终于乖乖吐露了所有秘密。

对此，半七老人这样对我说：

"之前说了，洋人头颅无法轻易入手。他们若真的砍了人家的头，事情非同小可，奉行所早该知道了。可若是假头颅，头发又是疑点：那根红头发不属于日本人，不是兽毛，当然也不是玉米须。我这才偶然想到，会不会是舶来品人偶。上一年我去横滨时，曾有人给我看过非常精巧的舶来品人偶。在江户遇上案子时，我就想这事源头应该是横滨，赶过去一看果然如此。胜藏和寅吉原本嘴硬狡辩，但我只说了一句'你们用来敛财的舶来品人偶是哪儿来的？跟罗伊德那儿借的？'，他们便立即面色苍白、全身颤抖，老老实实招了一切。两人被判死罪。至于罗伊德，他是外国人，我们无法随意抓捕。但听说他知道两名同伙被捕后，就拿手枪自杀了。蜡像头颅在深川寅吉家的地板下找到了。我们唤来丸井和近江屋的老板辨认，他们说正是此物，不会有错。有人提议将它保存起来供日后参考，但最终还是砸碎销毁了。"

03

独眼小僧

一

　　嘉永五年（1852）八月中旬，一位武士正带着仆人站在四谷传马町大街上的鸟铺野岛屋门前。明晚便是十五夜，鸟铺老板喜右卫门正将芒草小贩招进铺中谈价钱，一见门口站着位武士，立即恭敬相迎。野岛屋是这一带的老字号，铺里有许多美丽的小鸟在笼中啁啾。武士目不斜视，径直往里走去。

　　"老板，贵铺可有上好的鹌鹑？"

　　"有的。"喜右卫门有些自豪地回答。约莫半个月前，他正好进了一只价值十五两金子的鹌鹑。

　　"可否给我瞧瞧？"

　　"自然。铺内虽有些脏乱，但您请进。"

　　武士四十来岁，身穿麻制单衣，外罩深灰色麻制打裂羽织[1]，下穿夏季裙裤，脚踩竹皮草屐，风度不俗。喜右卫门猜想他应是个相当有地位的旗本老爷，丝毫不敢怠慢。为这对主仆看了茶，他便去后面提了只鹌鹑出来，恭恭敬敬地奉上。武士听说这鸟要十五两，迟疑了一会儿，最终还是决定买下，搁下一两订金。

"我明日一早便要带它见人，只能劳烦你今晚送到我家中了。"

武士的宅邸在新宿的新屋敷，说是只要打听一下细井家便能立刻知晓。喜右卫门心下琢磨，既然他说要带着鸟儿去见人，大约是因故要拿它当礼品献给某个权势之家吧。临走之前，武士再次叮嘱：

"今晚一定送来，不要有差池，余款届时自会结清。"

他说自己接下来还要跑其他地方，让老板务必日暮之后再来拜访。喜右卫门满口答应，送走了

---

[1] 打裂羽织：武士骑马、旅行时穿的羽织。背缝下缘开叉，便于带刀。

客人。之前《雷兽与蛇》的故事中已说明过，新宿的新屋敷是如今千驮谷的一部分，那里虽有大名别业、旗本宅邸和御家人的小住居，但由于背靠大片农田，路旁便是大片竹林和草地，因此连白日里都行人稀少。天黑之后要去这种地方着实有些为难，但也无可奈何。这毕竟是生意，且是十五两的大生意，由不得喜右卫门不乐意。当然，喜右卫门也可差遣铺中伙计送去，但毕竟是带着贵重商品去武家宅邸，还是铺主亲自登门为好。如此，喜右卫门只能静待日落。

今日一早，天就有些阴沉，不知明日能否得见中秋明月。直至午后，云层越来越暗，眼看就要下起淅沥小雨。如今是旧历八月，今日的秋风并不飒爽，但天气早已转凉，每日晨昏时刻，即便不刮风，襟前也会感到微寒。天龙寺响起傍晚六刻（傍晚六时）的钟声，喜右卫门正吃着晚饭。这时，白天那位武士的仆从又来到了野岛屋门前。

"那一带较为荒凉，道路昏暗，老爷怕您寻不到宅邸，特遣我来给您带路。您做好准备后，便跟我来吧。"

"那就有劳您了。"

有人来带路，喜右卫门非常高兴。他快速吃完饭，抱着鹌鹑鸟笼出了铺子。外面天色已黑，他边与带路的仆人闲聊，边快步赶路，不料在半道上，细细的雨点冰凉地落上了两人的额头。

"这雨终究还是落下来了。"仆人咂嘴道。

"不知明天会不会下。"

两人聊着，加快了脚步，最终来到了新屋敷。秋夜下着细雨，寂寥的新屋敷不见灯光，静静沉在黑暗之中。仆人带着喜右卫门走小门进入一处宅邸。宅中昏暗，看不清里面的情况，但玄关看着非常破败。走过玄关便是一个八叠房间，仆人让喜右卫门在此等候，随后便不知去了哪里。

房中有一盏暗灯，喜右卫门借着它的灯光四下环顾，发现这宅子好似许久未曾打理的旧宅，草垫和天花板上到处是漏雨的痕迹，散着一股霉味，纸拉门和格子窗也都破烂不堪。白天来店里的那位武士老爷打扮体面，可照这宅邸的状态来看，主人倒像过得颇为拮据。见状，喜右卫门微微皱眉。这宅子如此残破，自己不知能不能顺利拿到那十四两余款。喜右卫门按捺住心中不安，静静等候，可里头始终没有来人的迹象。雨继续淅淅沥沥地下着，黑暗的庭院里传来寂寥的虫鸣。喜右卫门越等越不耐烦，假意咳嗽一声，暗暗催促。不料这声干咳如同信号一般，外廊立刻响起了轻微的脚步声，随即是嘎吱嘎吱拉开纸拉门的声音。

一个十三四岁的司茶小僧出现在眼前。本以为他是来给久候的喜右卫门奉茶的，怎料他连看都没看喜右卫门一眼，径直伸手去拿凹间里挂着的山水挂轴。喜右卫门以为他要将挂轴拿下来替换，但似乎并不是。只见他将挂轴卷至顶端，随即放手让挂轴哗啦一声落下，接着又卷起，又放手，如此重复。片刻后，喜右卫门终于看不下去，出声道：

"喂，喂，你再那样弄，挂轴就坏了。若你想把它拿下来，我来帮你。"

"闭嘴。"小和尚回头怒视道。

喜右卫门这才得见他的正脸。这司茶小僧只有一只左眼，唇端裂到耳根，外头还露着两颗白色獠牙。昏暗灯光中乍一见如此妖怪，年过五十的喜右卫门惊骇万分，霎时眼前一黑，晕了过去。

过了一阵子，他终于清醒过来，发现枕边坐着个三十五六岁，状似管家的男人。男人低声问道：

"你是不是看见什么东西了？"

喜右卫门惊吓过度，半天没能答出一个字。管家似明白了什么，颔首道：

"看来又出现了。不瞒你说，这宅中时常发生匪夷所思的怪事。我们习惯了，倒没什么想法，但头回见到的人难免受惊。你万不可将此事传出去。许是因为这事，老爷身体欠安，已经歇下了，鹌鹑一事今晚只能先作罢。对不住，这鸟儿，只能请你先拿回去了。"他抱歉地说。

喜右卫门早就不想在这鬼屋多待，听他此言如蒙大赦，当即抱着鹌鹑鸟笼急急逃到了外面。雨仍在下。喜右卫门在黑暗中拼命奔逃，仿佛后面有什么东西在追赶自己一般，见到新宿町的灯光时才松了口气。

不知是受了妖怪惊吓还是淋了冷雨，喜右卫门当晚便发起高烧，卧床不起半月有余。到了八月末，他逐渐恢复气力，却发现鹌鹑的啼叫声有些不对劲。那鹌鹑是他拼了命抱回来的，一直安安稳稳地养在铺中，可如今的叫声却似与过去有异。喜右卫门心下纳罕，会不会是自己生病期间，铺里伙计们饲喂的方式不对，让珍贵的鸟儿变了叫声？慎重起见，喜右卫门将鸟笼提近枕边仔细一瞧，发现鸟儿不知何时被替换了。喜右卫门大惊失色，先是被独眼妖怪所骇，眼下又被这价值十五两的鹌鹑无端变成廉价鹌鹑的事所惊。难道是铺里伙计趁他生病调包了？还是在细井的鬼宅里吓晕时被替换了？喜右卫门判断，二者必占其一。

　　若此事真是铺中人所为，那就不能轻易外传，因而喜右卫门没有声张。到了九月，他已经可以下床，于是立刻回到了那幢熟悉的旧宅前，可里面已人去楼空。喜右卫门跟邻居一打听，说是那里本住了个叫细井的旗本，不知什么缘故搬到了杂司谷，自今夏起就成了空宅。这下确凿无疑了，定是歹人合伙将自己骗入空宅并放出怪物吓晕自己，随即抢走了带来的鹌鹑。除去那一两订金，自己损失了整整十四两。在这个时代，十两以上便不是小数目，喜右卫门顿时脸色煞白。

"若是报官，多方牵扯会很麻烦，可忍气吞声又觉得不甘心。"

回家途中，喜右卫门思来想去，终究拿不定主意，便去与町中的房东商量。房东皱眉道：

"我竟不知你遇上了这等事。实不相瞒，我听说五六天前也有人与你一样，在空宅里被骗走了价值五十两的茶具。你若闷声不报，有朝一日那歹人被捕，你定会受训斥。你还是尽早报官为好。"

受了房东的提点，喜右卫门立刻去报了官。

二

此事虽发生在四谷大木门一带，但神田的半七还是接下案子，带着小卒松吉上了山手。途中，松吉小声问道：

"头儿，这些案子都出自同一伙人之手吧？"

"肯定是。利用各处空宅干尽坏事，真会给人找麻烦。"

最近发生了多起将商人骗入空屋并使手段卷走商品的案件。歹徒在本乡的森川宿、小石川的音羽，还有大冢、巢鸭、杂司谷等荒凉之地利用空屋骗来商人，有时让他们在门口稍事等待，自己拿了商品走进里屋便销声匿迹，有时也将商人骗入屋中，武力恫吓并夺走商品。虽然附近民众大抵知道那些是空宅，可外来人不知情，便会大意中了圈套。正因如此，他们从不在白天作案，而是找借口引诱对方在暗夜前来。同时，若在同一地点重复同一戏码就有暴露之虞，因而他们通常只在一个地方作案两三次，然后另寻他所。故此，这次的鹌鹑事件定然也是他们所为。

"但此次与以前不同，他们弄了些新把戏。"半七笑着说。

"看来他们也在多方钻研手法。"松吉也笑了，"不过，亏他们能想出独眼小僧这招，真爱捣鬼。"

"确实爱捣鬼，还把人看扁。此番一定要设法拿下他们。"

两人前往传马町的野岛屋，向铺主喜右卫门询问了那天晚上的情况，还详细打听了妖怪的模样。喜右卫门虽已一把年纪，但却非常胆小，说自己没看清妖怪面容，但那怪物虽只有一只眼，却不似画像上常见的独眼小僧那样眼睛在脸庞中央，而是只有左眼闪着精光。

半七猜想，约莫是双目健全之人用什么东西罩住了一只眼睛，嘴角会裂至耳根定然也是用某种颜料画出来的，獠牙大概也是用外物做的。如此彻底分析一遍后，独眼小僧样貌也便大致清晰了，不过是喜右卫门太过胆小，这才被此种易容伎俩所骗。然而，或许他正因胆小而获救也未可知。若他是个胆大的，当即冲上去要抓妖怪，也许便会引来躲在里屋的同伙，招来戕害。如此看来，他仅被独眼小僧所惊，损失了十五两的鹌鹑还算是小打小闹了。

"劳烦你跑一趟，带我们去瞧瞧那空宅。"

半七由喜右卫门带着，立刻去了新屋敷。宅子确实老旧，可入夜之后，站在门前乍一看，倒也不能立刻认出这是空宅。整座宅子唯独玄关前的那一片区域拔过草，大抵是为防受害者察觉这里无人居住，趁前夜或当天白日里提前拔了草。半七从这一点上看出，这伙人着实心思缜密。

"怎么办？要不要进去瞧瞧？"松吉问。

"无论如何，总得进去瞧瞧。"

虽已知晓他们换了阵地，却也无法断言这里找不到任何线索。半七率先自玄关进入屋内，松吉和喜右卫门紧随其后。几个人走过喜右卫门当时待过的八叠房间，打开侧边的大滑门后，秋日的阳光洒了进来。

"原来如此，这宅子倒是荒得彻底。"半七张望了一番，说道。

"我当时虽也觉得这宅子残破，可怎么也想不到这竟是空屋……"喜右卫门有些后知后觉地叹息道。

墙壁略有损毁的凹间里并未挂着山水挂轴。三人走出房间，四下查看宅中其他房间时，发现积满灰尘的外廊上留着淡淡的脚印，并且大小不一，甚至还有老鼠窜过的痕迹。踮脚踩着灰尘走过，只见所有房间的草垫都被掀了起来，只有厨房隔壁的一间昏暗的六叠房里铺着琉球草垫，还散着潮湿的霉味。半七趴下闻了闻旧草垫的气味。

"阿松，你也来闻闻。有酒味。"

松吉闻言也趴下一闻，随即点头道：

"这酒味好像还是新的。"

"嗯。你的鼻子很灵，酒味确实是新的。可这本是女佣房，不会有人在此饮酒，定是那帮家伙曾聚在这里喝酒。你去打开窗户看看。"

松吉打开窗户，半七借着洒入的光线环顾房中，打开壁橱看了看，又打开拉门进入厨房，下到脱鞋的泥地处四下查看，忽然捡起了一个小东西。半七将它放入袖兜，回到了刚才的房间。

"好了，我们走吧。"

"这就回去了？"松吉似有些失望地问道。

"也不能一直守在这鬼屋，天一黑指不定会出现独眼小僧呢。"

半七笑着走了出去。半七与松吉中途辞别喜右卫门，沿着小路静静地往前走。

"喂，阿松。你知道这是什么吗？"半七从袖兜里拿出刚才捡的小物件。

"哎，您竟然找到这东西……这是推拿师的口哨吧？"

"嗯。厨房泥地上倒着一个空米袋，我就是在那米袋下找到的。那里再怎么潦倒也是旗本宅邸，决计不会叫走街串巷的推拿师进来。既然如此，那里为何会有推拿师的哨子？你想想看？"

"原来如此。"

松吉思忖道。

"如此，独眼小僧就现了原形。"半七老人对我说，"最初我以为他是遮住了一只眼，但在捡到那哨子后，我改了主意。我吩咐松吉和其他小卒，让他们去调查江户有多少独眼的推拿小子。不愧是大江户，光独眼推拿师就有七个，其中四个是小孩。查清他们的身份后，我发现入谷的长屋里一个叫周悦的十四岁推拿小子很可疑。他幼时贪玩，被竹片戳瞎了一只眼睛，成了独眼推拿师，每天走街串巷给人推拿，每次二十四文钱。他常常被叫进马道一家木屐铺做生意，与那里的老板相熟。那老板不是个好人，撺掇这推拿小子进客人家中推拿时顺手牵羊些物什，然后廉价卖给自己。这期间，这木屐铺老板和某些缺德的御家人共谋，利用空宅作恶。可若在自家附近下手，难免被人察觉，故而都是跑到远处山手那边犯案。"

"那推拿小子也是同伙？"

"迄今为止，他们都是让受骗者在玄关等待，自己拿了商品便从后门逃走。若对方警惕性高，他们就将人引入屋内威胁恫吓，逼人就范。不过人嘛，就是奇怪，便是歹人用多了同样的伎俩也会厌烦。几番商量之下，他们想出了新的花招，于是便成就了这次有些鬼怪色彩的案件。木屐铺老板说自己认识一个独眼推拿小子，如此这般将自己的诡计说道一番，众人大呼妙哉，便决定由木屐铺老板巧妙地说服推拿小子周悦，让他加入团伙。这个叫周悦的家伙放到现在就是个典型的不良少年，他听闻此事后觉得有趣，立刻就同意了。他的嘴巴本就有些大，他便顺势用颜料将嘴角拉得更开，再用象牙筷制成獠牙。可是周悦家还有个老母亲。总不能在老母亲和世人面前化装成妖怪走出屋子，故而便假装出门做生意，拄着杖子吹着哨子如往常一般出了家门，到了那座空宅后把厨房边的六叠屋当化妆间，化装为妖怪。哨子便是在那时从周悦怀里掉出来的。他事后发现哨子不见了，却也不知道落在了哪儿，于是那哨子一直留在那里，不巧让我找到。以此为线索继续调查，我发现那推拿小子虽然年纪不大，花钱倒是大手大脚，在街坊中的名声也不好，于是就将他抓来审问一番。毕竟还是个孩子，一经呵斥，他立刻一五一十地全都招了。"

"如此一来，团伙成员就有那木屐铺老板、御家人、推拿小子周悦……还有其他同伙吗？"

我又问。

"木屐铺老板叫藤助，他扮演管家。扮成武士老爷的是一个叫糠目三五郎的御家人，仆人则是由通勤的武家仆役扮演，只有他的身份没变，此外还有个叫马渊金八的浪人。周悦只扮过这一次独眼小僧，听说他本人觉得这有趣得紧，一直缠着木屐铺老板让他继续演戏呢。总之，这次是顺着独眼小僧这条线顺藤摸瓜，从他口中问出其他同伙，全部抓了起来。如果他们不演这些无聊的鬼怪故事，或许还能再装神弄鬼一段时间。此事对于他们来说是不幸，对于世人来说却是一幸。"

04

墙上的假面

某个冬日，我造访赤坂老人家，老人坐在阳光明媚的院子里看报纸。报纸上刊登着一起罪犯利用书画进行诈骗的大案，涉案地区不仅有东京、横滨，还包括关西[1]、九州一带，涉案总额达数万元。老人叹息道：

　　"随着社会日益发展，万事万物的规模也越来越大。这么一想，往昔的歹人真是小喽啰，与如今根本不能比。到底是盗金十两就要掉脑袋的时代，恶人们自然也多是小偷小摸。与此同时，那样的时代也极易催生出一些动歪脑筋的人，因此也不能大

———————————————

　　[1] 关西：以京都、大阪为中心的近畿诸国，如今包括大阪府、京都府、兵库县、奈良县、和歌山县等 2 府 4 县。

意。但有时候，那一点歪脑筋又会成为误会的源泉，等到日后才能参透其中根由。"

元治元年（1864）九月末，晴朗的秋日早晨，四刻（上午十时）刚过，一名男子站在京桥[1]东仲大街上的伊藤旧货铺前。虽说是旧货铺，里头摆着的并非不值钱的破铜烂铁。伊藤与诸多大名、旗本和大商家有来往，铺上保有众多带有印鉴、鉴定书的昂贵商品。

男子带着一个年轻随从，年纪三十五六，仪表堂堂，看着不像商人，也不像普通武士。若是寺院武士[2]，气质未免太过文雅。伊藤铺主孙十郎判断，

---

[1] 京桥：旧时架设在京桥川中央的一座桥梁，处于德川幕府所设五街道的东海道上，是与日本桥齐名的名桥。由于江户时代运河在人们生活中占据重要地位，此桥因此成为地域象征。旧京桥区即为今东京都中央区京桥地域，北接日本桥，东接八丁堀，南接银座，西邻八重洲。

[2] 寺院武士：在寺格较高的皇家、贵族寺院当差的武士。

男子大约是观世、金刚等流派[1]的能乐艺人。果然，男子将目光投向了角落里挂着的古旧的生成[2]面具。那是与般若[3]相近的面具。他目不转睛地凝望了一阵，接着一脚踏入店内，对一旁的小伙计丰吉开口道：

"我想看看那个面具。"

"是，是。"丰吉连忙起身取下面具。

孙十郎见客人应该有些来头，也起身迎了出来。

_____

[1] 观世、金刚、金春、宝生等四大流派因各自的剧团结崎座、坂户座、圆满井座、外山座主要在大和（今奈良）活动，统称"大和四座"。江户时期，能乐作为武家仪典乐舞得到整理与保护，大和四座被迁至江户，其流派形式也得到完善。之后，从金刚座独立出来的北七大夫长能因得二代将军德川秀忠的喜爱而创立喜多流，此后日本能乐便确立了"四座一流"的形式架构。

[2] 生成：能乐中的鬼女面具之一，在能乐世界中是还未完全进化成"般若"的鬼女，怨念度最低，因额上双角还未完全长成而称"生成"。

[3] 般若：能乐中的鬼女面具之一，头上有两个长角，表现愤怒、嫉妒、怨恨等情感。

"请坐。丰吉，看茶。"

男子拿过面具又看了好一会儿。照他的神色看来，似乎非常中意。五十二三岁的老练商人孙十郎一下便看破了这一点。

"这东西可有年头了。虽不知出自何人之手，但看着像与出目[1]有关。"

"不是出目的作品。"男子自言自语般说道，"但应该出自同一时代。价钱几何？"

"价钱多少会高些。一口价，二十五两……"

男子神情未显惊讶。这虽不是越前国大野出目的名作，但如此精巧的面具要价二十五两绝不算高，反而可以说极为便宜。武士有些狐疑，又将面具翻来覆去细看了许久，这才放下面具，饮着小伙计端来的茶说：

---

[1] 出目：全名为出目是闲吉满，桃山时代至江户时代初期能乐面具制作名家，越前国大野（今福井县大野市）人，其制作的能面被丰臣秀吉赐予"天下一"的称号，之后子孙世代制作能面，为与出目本家（越前出目家）相区别而称大野出目家，家祚传至幕末。

"那就二十五两，可以吧？"

"当然。"孙十郎俯首应道。

"不过老板，我眼下只是路过，身上未带那么多钱。我先付三两定金，你看可否？"

这样的事并不罕见，孙十郎立刻答应了。说定之后，男子付了三两定金，孙十郎则写好收据交给男子。临走前，男子再度叮嘱道：

"明天这个时辰我会再来，你可千万别将那面具卖给他人，这不必我多说了吧？"

买卖已成，又收了定金，孙十郎当然不会转卖他人，故而他目送客人离去后，立刻吩咐丰吉将面具取下收好。大约一个时辰后，孙十郎正在后面吃晌午饭，只见小伙计忽然从铺里走了进来。

"有位气度不凡的武士说要见东家您。"

"是哪位？"

"好像是头回来的客人。"

"请他到铺子里坐，上茶。"

孙十郎匆匆吃完饭，来到铺上一看，发现这回的客人身披外褂，下穿裙裤，腰配长短双刀，是个仪表堂堂的二十二三岁武士。他已进铺内，正坐在待客用的火盆前。

"我是铺主孙十郎，让您久等了。"

不等孙十郎打完招呼，武士便迫不及待望着铺子的角落问道：

"恕在下冒昧，昨日还挂在那里的生成面具上哪儿去了？"

"那面具今早成交了。"

武士的脸色立时黯淡了下来。

"啊，太可惜了。敢问买家是谁？"

听孙十郎详细说完原委，年轻武士的脸色愈发晦暗。他极为窘迫地考虑了半晌，最终小声道：

"虽知这近乎强人所难，但可否请您废除与那位买家的商约？"

"这……"孙十郎也为难地抚着额头道，"可是定金都已收了……"

"在下明白，也深知自己的要求十分无理，但您可否想想办法？"

就算对方是武士，办不到的事就是办不到。孙十郎无法轻易答应，一直苦着脸。此时，武士又低声道出内情。他如此强人所难，实在是迫不得已。他说，虽不能报上宅邸名，但自己是西国某藩武士，而那生成面具则是今年夏季主公家中晾晒家什时丢失的。此事之所以无法公开调查，是因为那面具是主家先祖直接拜领自权现大人[1]的，如今不慎丢失，若传入官家耳朵，实在无法交代。因此，主家不敢声张此事，只得挖空心思暗中调查，没想到他竟偶然在铺子里发现了面具。若当时立刻与铺主接洽，那便万事大吉，可惜他当时身负其他差遣，就先走了。这的确是他疏忽大意，如今后悔不迭。由于昨夜归宅太晚，他今早才去向上级汇报，受了好一顿责骂。

"既然找到了主家贵宝，就该搁下旁事先设法取回面具，你竟糊里糊涂地置之不理，实在过于疏忽。所谓不如意事常八九，万一真应了这句老话，

<hr />

[1] 权现大人："权现"为日本神明的神号之一，这里为江户幕府开府将军德川家康的敬称，亦指供奉德川家康的东照宫。

那面具恰好在昨日被买走，该当如何？若没带够钱，那就适当付些定金，实在不行就算说出宅邸名也要让铺里送过来，总之要随机应变妥善处理，你直接转头离开像什么话？"上级如此呵斥年轻武士，他也实在无可辩驳。即便如此，他心中仍存侥幸，觉得此事只过了昨今两日，此物又不同于寻常物件，没那么容易卖掉，眼下应当还为时不晚。岂料他上门一看，真是怕什么来什么，那面具竟已先一步被人买走。事已至此，他也不知该如何是好。

"在下百般疏忽，只有切腹谢罪了。"武士苍白的额头上泛起深深皱纹，喃喃叹息道。

孙十郎更加犯难。要说道理，此事自然是眼前这位年轻武士的过失。正如他的上级们所言，如此苦苦搜寻的重宝，一经发现便该不惜一切设法取回。而他却怠慢于此，如今再来懊悔，终究是失策。但失策归失策，若从眼前这位武士的角度去考虑，眼下实在是进退维谷，或许当真不得不切腹谢罪。虽然他不会直接在铺里自决，但孙十郎也无法眼睁睁看着一个往后日子还长的武士被迫切腹。孙十郎心想遇上了麻烦事，同时心里也打起了算盘。

"听闻您遇上了这样的事，我心中实在同情。可方才也说过了，那面具已有人先行定约买走……定金都收了，我若爽约，实在于字号信誉有损。总之，明日买主会过来，到时我先与他商量商量，如何？"

"如此再好不过……"武士恳求道，"若只归还定金，想必买主也不肯轻易答应。万一对方不愿意，付出双倍定金，三倍定金……视交涉情况，即便给十倍定金也负担得起。还请您设法谈成。由于方才与您说过的隐情，我方不惜花费重金。虽想尽量不提宅邸名，可若您无法谈妥，必须由在下见面详谈，那在下也愿意与对方见面。不论如何，此番有劳您了。"

"明白了。鄙人自当尽力。"

武士神色好看了些，从怀中取出五十两金子。

"这些钱先交给您，其余的在下明日再送来。如此，那面具当真能转让给在下吧？"

"我也不能乘人之危讨要高价。我对今早的客人要价一百五十两，给您也就是这个价格。"

"明白了。那么，有劳您了。"

议定商约后，武士便离开了。伊藤铺中虽有两个伙计，但眼下都出门拜访主顾去了。因此，这桩生意只有铺主孙十郎知晓，没有告知他人。

日暮时分，早晨那位客人又来了。

"虽说好明日再来，但我正好有事要去金春新道[1]，顺道绕来这里。这是尾款二十二两，请您点收。"

说着，他将钱币整齐地罗列在孙十郎面前。

"关于此事，我想与您商量商量。铺上不便说话，还请您随我上二楼一趟，绝不会耽误您时间的。"

孙十郎硬将一脸费解的客人拉到二楼。眼下正好是晚膳时分，他便让人去附近食铺叫了酒菜回来招待。之后，孙十郎说出面具之事，但客人迟迟不

---

[1] 金春新道：位于今东京都中央区银座八丁目，因能乐"大和四座"之一的金春太夫受将军赏赐的府邸在此而得名。

肯答应。他坚持说，若只是兴趣，那让给他人便让给他人，可自己是金春流的能乐艺人，是为了技艺才购买那生成面具，故而有劳掌柜此番商议，但事到如今，自己不可能放手。

客人说得也有道理，孙十郎也感到为难。他一再争辩，但客人并不十分信任他的说辞。什么宅邸重宝遗失，什么武士切腹，客人似乎怀疑这些都是孙十郎为了另觅良客而说的花言巧语，是想以此为借口废约。他要求与那位武士见一面。

见也可以，可孙十郎企图将原本作价二十五两的面具以一百五十两的价格卖给另一方，若让前后两位买家面谈，万一秘密泄露可就不妙了，因此孙十郎尽可能不想让二人对上。他硬向客人敬酒，等对方醉意上涌再费尽口舌说服，最后终于以返还数倍定金的条件成功毁约。

对此结果，孙十郎打一开始就做好了心理准备，哪知客人不肯以两三倍于三两定金的价钱作为赔款，而声称既然毁约了，就拿出一百两来。见他此言似乎并非醉话，而是认真的，孙十郎也有些手足无措。当然，即便依他所说给一百两赔款，那武士已给了五十两，后续只消以一百五十两的价格卖出面具，孙十郎便能净赚百两。可若卖给眼前这位能乐艺人，自己顶多只能拿二十五两。如此一盘算，孙十郎认为，就算要付超额赔款，也还是毁约获利更多。如此，他心中的趋利心占了上风，愈发耐心地讨价还价之后，终于以七十五两的金额谈下此事。于是，孙十郎将武士给的五十两，能乐艺人付的三两定金，加上自己掏的二十二两金子罗列在对方面前。谁知对方又有异议，说其中有三两本就是他自己付的定金，要求孙十郎撇开这三两后再出七十五两赔款。事到如今，孙十郎也顾不得计较这二两三两的了。他先返还三两定金，又在武士预付的五十两之上另添自己掏的二十五两。对方这才应允，并在酒足饭饱之后满意离去。

"可恨的家伙。能乐艺人中也有这种游手好闲的无赖败类，真是晦气。"孙十郎暗骂道。

即便如此，这桩买卖依旧不赖。虽然眼下亏了些，但不久便能净赚一百二十五两，孙十郎窃喜自己走了好运，谁知到了第二日，那武士却不见踪影。持续等了两日，三日，四日，那武士依旧杳无音讯。他总不可能已经切腹了。就算真的切腹了，只要知道面具在这家店里，宅邸应该也会派其他人过来收取。孙十郎每天抻着脖子翘首以盼，结果完全没有相关人士上门。难道是忘了铺号？孙十郎再度拿出假面，挂在铺面最显眼的位置，但还是没人被面具吸引而来。过了十天，过了半月，孙十郎再度破口大骂道：

"畜生……我上当了！"

想来前后两个武士是同伙，事先商量好了诓人呢！只因自己贪恋钱财，又同情那名武士的悲叹，这才被白白骗走了二十五两金子。察觉被骗后，孙十郎愤恨得白发根根直立，可已于事无补。尤其此事自始至终都是自己独自应对，无法责备任何人。

虽然孙十郎将其归为生意上的苦闷事，一度歇了心思，但终究无法释怀。他又左思右想了几天，最后跑去找了神田半七。

"嘻，犯人很快就查出来了。"半七老人说，

"但其中有些误会。先前那名能乐艺人和后头的年轻武士其实一点关系都没有。我想，任谁看来，这两人都该是相互勾结。伊藤铺主也是如此认定。我一开始也这么想，但事实大相径庭，所以才稀奇。那名能乐艺人是金春太夫的弟弟，叫繁二郎。此人的确是个难以管教的混子，但毕竟是干那行的，眼光不错。他偶然发现那张面具是个杰作，便打算转手卖进某大名府邸，大赚一笔，没想到那老板竟要爽约。听了各种缘由后，他也无法断然拒绝。可一想到自己的赚钱计划打了水漂，心里还是咽不下气，这才抓着伊藤铺主的把柄，狮子大开口讨要一百两赔款，最终拿了七十五两，但这也不能算是敲诈勒索。至于另一名武士，他也不是假冒的，而的的确确是西国某藩的人，名叫根井浅五郎，也当真是来寻找面具的。然而前面也说了，他年纪轻，犯了错，被上头一顿训斥后立刻来到铺子，结果面具已入他人之手。他先恳求铺主毁约，再回宅邸报告，结果又遭上峰狠狠训斥，说早知如此何必当初，都是他疏忽大意所致，于是浅五郎愈发惶恐。

次日，他领了一百五十两前往伊藤。然而他终究年轻，竟然中途改变了主意。他想，即便平安取回面具，凭自己挨了两顿臭骂的作为，这次回去不知还要受什么责罚，或许会领命回国，被赶回藩地去。若因这种缘由回藩国，自己不光无颜面对亲戚，还会遭朋友取笑。左思右想之下，他觉得不如干脆带着这一百五十两远走高飞，于是便没去伊藤，当然也没回宅邸，而是直接隐匿了行踪。虽说他年轻，可他做事太不顾前后，竟主动成为见不得光的人。他本想逃到京都，依靠那边的熟人立身，可终归还是留恋江户，逃到神奈川又折回来，躲在目黑[1]乡下，最终被捕。"

"如何知道他躲在目黑？"我问。

"他毕竟年轻，内心大约也有几分自暴自弃吧，于是每晚都从目黑去品川厮混，花钱也大手大脚，这才露了马脚。在宅邸里当差的人稍微挥霍金钱，

---

[1] 目黑：江户西南一带地域名，今为东京都下辖的特区之一。

立刻就会被盯上。"

然而，我依旧不解的是，浅五郎逃跑后，为何宅邸搁置了收回面具一事？为何不派其他人去伊藤将面具买回来？对此，老人是如此说明的：

"这事实在可笑。宅邸原本笃信浅五郎的说辞，慌忙想要取回面具。然而浅五郎潜逃后，宅邸也起了疑，于是派了个有眼力的前去谈判。那人去了一看，伊藤铺面果然挂着个美丽的面具。但他仔细一瞧，发现那面具的确是杰作不假，可并非与宅邸有渊源的那张，进去谈判也没用，于是直接走了。这事实在荒谬，只有伊藤一方吃了大亏。"

"这么看来，真正的面具终究不知去向吗？"我又问。

"据说如此。"老人回答，"之后或许在某处找到了吧，但那个时代，一切皆奉行保密主义，不是相关者便不知内情。"

05

柳原堤女妖

一

　　某次不知怎么聊到了神田柳原，老人如此说道：

　　"我记得明治七八年的时候，柳原堤被削平了。如今还留着柳原河岸的名称，神田川岸边也种着柳树做样子。江户时代自筋违桥[1]到浅草桥大约十町（约110米）路都是高高的堤坝，堤坝上种着高大的柳树，春天景色非常漂亮。后来柳原的柳树渐渐没了，向岛的樱花也渐渐黯淡，看来文明开化的东京也变得过于庸俗了。这可不只是昔日旧人的牢骚，而是真真切切的。如今的年轻人大概不知道，往日的柳原堤上有个小丘，叫清水山，位于筋违桥

――――――

　　[1] 筋违桥：架设在江户城西北方向筋违见附外神田川上的桥梁。筋违见附是江户城三十六见附之一，中山道与御成街道的交叉地。该桥梁现已被新设的昌平桥代替，架设于今东京都千代田区神田淡路町与外神田二丁目之间。

与柳森神社[1]之间，面朝神田川的小丘脚下有个洞穴，里头源源不断地流出清泉，据说这便是'清水山'这名字的来源。若仅是如此，倒也无甚稀奇，只是清水山自古流传着一种说法，说那里有各种各样的妖怪，贸然进入便会惹祸上身。故而，即便它地处长长的堤坝之中，却也无人敢靠近。总的说来，这柳原堤上的草都是供附近大名府邸或旗本宅邸割了喂马的。筋违桥到和泉桥[2]一段会有市桥壹岐守[3]和富田带刀[4]宅邸的人来割草。清水山就位于这一段堤坝间，但两家都不敢上去动镰刀。也就是说，两家各从筋违桥一端与和泉桥一端往里

---

[1] 柳森神社：今位于东京都千代田区神田须田町二丁目。

[2] 和泉桥：架设于今东京都千代田区神田佐久间町一丁目与神田岩本町之间的神田川上。

[3] 市桥壹岐守：近江国仁正寺藩主，当时在世的应是市桥长和（1821—1882），为近江国仁正寺藩第十代藩主，弘化元年（1844）继任家督，同年叙任从五位下的下总守，后改壹岐守。文久二年（1862）将仁正寺藩更名西大路藩。

[4] 带刀："带刀"为百官名之一，即使用家族祖上、父母或本人曾担任过的官职名作为代称。

割，只留下正中央的清水山，因此唯独这三四间的地方从上到下长满了高高的野草，也不知是不是多心，总之看着非常恐怖。便是在这里，发生了一起事件。"

庆应元年（1865）八月初，这一带传出了奇怪的流言。不知是谁起的头，说是每逢日暮，柳原堤的清水山附近就会出现一名女子。虽然没人正面见过那女子的脸，但她似乎很年轻。旧历这个时节的夜晚更深露重，那女子却穿着略显单薄的白底浴衣，裹着手巾，影影绰绰地出现。流言仅止于此，但毕竟发生在清水山，如此已足够惊骇附近妇孺脆弱的灵魂。

"八成是夜鹰吧。"胆大之人笑道。

往昔，柳原大道自筋违桥往和泉桥去的南面一侧是连绵的武家宅邸，之后才拆除成为商铺，而且多数是不兼住家的小货铺。铺主天黑之后便打烊归家，之后那一带便倏然沉寂下来，只有零星的几点灯光。于是，便有被称为"夜鹰"的卖春妇趁这沉寂的时段，在附近一带出没。她们用手巾蒙着脸，幽灵一般伫立在柳树下。附近人见惯了那场面，乍然看见清水山附近茕茕孑立的怪女人，也难怪会以为她也是卖春的夜鹰。

但她并非夜鹰，因为夜鹰们也被那女人吓到了。据说有一个从本所过来的年轻夜鹰，叫阿泷。她曾有两晚与那女子擦肩而过，心中忽地感受到一种无可言喻的惊悚。自那之后，她便换了地方站街。阿泷说，那女子绝不是同行。另有在饭田町[1]某处旗本宅邸当差的仆役酒后微醺经过这里，正遇上一名裹着白手巾的女子。仆役以为她是夜鹰，便半调笑地唤了声"哎，这位姐姐"。女子一声不吭地便要走。他追上去又唤了声，还难缠地想抓住女子的衣袖。女子依旧不吭声，倏然转过头来。只见白手巾下的面孔赫然是一张女鬼般的青面，把醉醺醺的仆役吓了一跳。他倒没有当即晕厥，只是发疯般逃了约半町距离后被路旁的小石子绊倒，好一阵

---

[1] 饭田町：今东京都千代田区饭田桥一带。

子没能起身，当夜便痛苦地发起了高烧。

这等流言传遍大街小巷，众人议论纷纷，说这阵子出现在清水山的女子决计不是夜鹰之流，一定是某种妖物。前面也说了，那里本就盛传有妖物出没，旁人不敢靠近。此番出了如此谣言，众人自然轻易地信以为真，附近的澡堂和理发铺里每天都在议论此事。这期间，又有人添枝加叶，说那女子是长年栖息在清水山洞穴里的大蛇精。更有人兴许是从三十三间堂那出净琉璃[1]中得了启发，竟煞有介事地说：不，不是大蛇，而是堤坝上经年的老柳树化出的精怪。

---

[1] 指净琉璃《祇园女御九重锦》里单独上演的第三段"三十三间堂栋由来"，讲述为建造三十三间堂而被砍伐的柳树所化的精怪阿柳与儿子一子绿丸告别的场景。场景最后柳木被送到都城时的《滚运木材歌（木遣音头）》十分有名。三十三间堂是位于京都府京都市东山区的天台宗妙法院境外佛堂，正式名称为莲华王院本堂，本尊千手观音，创立者后白河上皇，据说于公元 1165 年建成，后经数次烧毁重建与大规模整修，保存至今。其长形本堂至江户时代长三十三间，约 59.4 米，故称三十三间堂，现已扩充至 120 米。

江户时代与现在不同，没人会去探索妖怪的真面目。只要那妖怪不闹出什么特别的灾祸，众人通常不闻不问。故而当时江户市中传闻有妖怪出没的地方非常多。比如牛迂矢来下[1]酒井家宅邸旁边栽种着一排高大的冷杉，传言那里会出现各种妖怪，甚至还有人说，想看妖怪就去矢来冷杉道，然而却从未听说有人去那里寻找妖怪。町奉行所虽然管辖民众，但大概也觉得管辖妖物不是自己的职责，从未着手惩治或调查，任凭"妖怪"横行霸道。故而，对于此次柳原事件，奉行所也未采取任何措施进行督管，流言也便日渐猖獗。

神田岩井町[2]有家木材铺叫山卯，它有名雇工叫喜平。此人听了向两国露天评书和祭文[3]中宫本

---

[1] 矢来下：今东京都新宿区矢来町早稻田大道至天神町一带旧时俗称"矢来下"，旁边当时是若狭国小滨藩（今福井县小滨市、敦贺市）藩主酒井家的别庄。

[2] 岩井町：今东京都千代田去须田町二丁目、岩本町三丁目、东神田二丁目周边。

[3] 祭文：日本的祭文原本是祭祀神明时的祈愿或祝词，后来脱离信仰，逐渐歌谣化，演变为曲艺，称为"歌祭文"。

103

武藏、岩见重太郎[1]等英豪的勇武事迹后热血沸腾，决定要探查清水山的妖怪。但只身一人前去毕竟有些忐忑，他便打算拉拢经常出入自家铺子的锯木工银藏。这银藏也是年纪轻轻，觉得好玩，就答应了。两名勇士在九月中旬的某个阴天，听着本石町的六刻暮钟，前往距离岩井町不远的柳原堤。

"旗本宅邸的仆从就是胆小。什么青面女鬼，哪有这种东西？那女的肯定是戴了面具。"银藏边走边说。

"或许吧。"喜平也笑道。

任谁都会这么想，而且当时也确实有人如此主张，只不过中途传岔了，变成说那女子不是青面鬼，而是青蛇，于是一下衍生出诸如大蛇精的说法。正因如此，银藏也怀疑那清水山妖物压根儿不是妖怪。而喜平虽然表面上赞同银藏，内心却相信

---

[1] 岩见重太郎：日本战国时代豪杰，生卒年不详，本为筑前国小早川隆景的家臣，主公去世后投奔丰臣秀吉。经常出现在各类民间评书、话本中，记述其在天桥立杀死仇敌之前游历诸国修行精进，惩治山贼、斩杀妖怪的故事。

那的确是妖物。

二人各执己见地到达目的地时，秋天的日头已经完全落山了。怪女子出现的时辰并不固定。有人说在太阳下山时便见到了，也有人则说只有在深夜才能遇见。但既然出来查探了，总归要从傍晚盯梢到半夜。于是，两人耐心地在堤坝下走来走去，迫切盼望怪女子现身。

入夜后，柳原大道上往来人影渐少。夜鹰们也因惧怕妖怪传闻，这阵子改换到了和泉桥以东的堤坝上做生意，于是两人也没打趣的对象。银藏不像喜平那样热衷此事，逐渐感到无趣。五刻（晚上八时）过后，天空下起了蒙蒙细雨。

"啊，下雨了。这下可麻烦了。"银藏望着天空。

他趁机对喜平说，横竖这计划也不急于今夜，况且这里离铺子也不远，不如明晚再来。

"这点小雨，不碍事。来都来了，再稍微忍忍吧。若雨下大了，咱们赶紧跑回去就是了。"

喜平执意如此，银藏只得勉强奉陪。雨并未下大，不一会儿，月亮便隐隐约约地在高大的银杏树梢间露出了脸。

"你看，这么快就停了。"

"可天忽然有些冷了。"银藏缩着肩膀道，"夜一深，这外头可冷得让身子遭不住了。咱们在附近找个屋檐躲躲吧。"

两人横穿大道，正打算躲进某个打了烊的铺子屋檐下，此时两家铺子之间忽然出现了一个黑影。事发突然，两人当下一迟疑，便见那黑影缓缓动了。她究竟是那怪女子，还是其他人，喜平和银藏都屏息暗暗窥探。

二

　　银藏自不必说，带头的喜平也是为了一睹妖怪真容而来到此地，可当真遇见妖怪时，却又不知该如何是好。是见到了她的行迹便罢，还是动用武力抓住她，就此揭发她的真面目？他们事先并未对此有任何决断，自然也没有准备任何对抗妖怪的武器。他们终究不是真正的岩见重太郎或宫本武藏。即便如此，他们还是在好奇心的驱使下，一路尾随着突然出现的黑影，只见那黑影在大道中央站了一会儿。

　　"她没穿白色浴衣呀？"银藏小声说。

　　"毕竟都九月了。"喜平说。

　　"妖怪不会随季节换衣。那应该不是妖怪吧？"银藏又说。

　　"总之再看看。"

两人借着朦胧的月光窥伺黑影的行动，发现对方似乎是个用头巾裹着脸颊的男人。银藏又失望道：

"喂，那是个男人。"

"哎，行了，你别出声。"

喜平兴致勃勃地继续偷看。只见那黑影在路中央站了一阵，忽然又徐徐迈开脚步，靠近清水山的堤坝边缘。喜平见状，悄声对银藏说一句"看吧"，正打算再度蹑手蹑脚地跟上去时，突然不知何处伸出一只大手，从侧面狠狠各甩了两人一巴掌，甩得两人头晕目眩。银藏"啊"的一声倒下。喜平捂脸呆立原地，好一会儿才回过神来，张望四周，发现那黑影已不知去向，自然也不知那只大手的主人是谁。

"畜生！"两人同时骂道。

但与此同时，妖怪的真面目也大抵知晓了。看来那黑影并非妖怪，而是普通人。那人想必有什么秘密，独自一人偷摸来到清水山，却被喜平二人发现并尾随，结果他的同伙不知从何处出现，冷不丁给了他们一人一耳光。如此一想，两人忽然气不打一处来。

"他们肯定是贼！"银藏拍着衣服上的泥说，"不然就是赌鬼！"

两人判断，应该是有窝盗贼利用世人忌惮清水山鬼怪的心理而藏身此地，不然便是一伙赌徒潜入此地，偷偷开了场子。也不怪他们会这么想。

"既然弄明白了便不必忌讳，直接闯进去吧！"喜平抚着挨了一巴掌的脸颊，怒气冲冲道。

"嗯！不过，对方若有一大群人，那可就危险了。"

银藏再度裹足不前。眼下已然确定对方有两人，除此之外是否还潜藏着其他同伙也未可知。若他们两人赤手空拳地贸然闯入，会不会太过危险？喜平闻言，也有些不安。这么一说，人反倒比是怪物更可怕。他们是盗贼也好，赌鬼也罢，难保他们不会一大群人一齐冲上来拳打脚踢，或是日后来找麻烦，甚至为了封口而杀人。喜平虽有些气不过自己白挨了一巴掌，但在银藏的劝说下，还是垂头丧气地离开了。

　　回到店里，当晚虽无事睡下，喜平心里仍怄得慌。若被妖怪打了也就罢了，可那只大手又温又热，怎么想都是人手。喜平对于自己被打之事耿耿于怀，怄得眼里几乎冒出火来。翌日午后，他来到铺子后的木材堆放场。负责裁切、接合木料的五六名木匠吃了晌午饭后，正在吸烟，当中还混了几个铺里的年轻佣工和河岸边卸货的脚夫，一群人凑在一起热热闹闹地聊着天。喜平也加入进去，说起了昨晚的糗事。

　　"我气得不行，可阿银那厮太没用了，最后只好没劲地回来了。你们能不能帮我想个法子报复回去？"

　　众人好奇地双眼发亮，一口气听完喜平的描述。其中属一个叫胜次郎的年轻木匠兴致最高。他一边重新绑紧额头上的头带一边说：

　　"喂，喜平。你说得对，如此不了了之当真太没意思。今晚我跟你一起去。"

　　"你肯陪我去？"

"嗯，去！而且不能中途退缩，非得看清他们的真面目不可！"

找到新的同伴后，喜平又有了勇气。

"那，阿胜，你真要去？"

"一定要去。我从不撒谎。"

话音未落，立在二人背后的大木材突然往他们头上倒了下来。若被砸中头肯定凶多吉少，就算只砸中腰背也定要受重伤。所幸喜平和胜次郎都是内行，险险躲过了。其他人也吓得一齐往后跳开。

"这圆木头怎么会倒下来？"

众人面面相觑。木材或许是偶然倒下，可偏偏倒在正在商量今晚再度前往探索清水山的两人头上，这在众人心里激起了难以言喻的恐惧。方才还在逞强的胜次郎立刻变了脸色。喜平也好一阵没有吭声。

"行了，该干活了。"其中最为年长的木匠收起了烟管，"喜平，阿胜，别聊那些有的没的了。"

众人就此沉默，各自干起自己的活计。傍晚收工，木匠们全部离去时，胜次郎也不见了踪影。喜平以为他只是先回家一趟，一直等着，结果直至夜深，他也没有现身。不知是被倒下的木材所惊，还是听了其他木匠的建议，总之胜次郎似乎临时改变了主意。喜平暗自咂嘴，那小子也是个胆小的。虽说如此，自己也没勇气独自前往，于是这晚只能遗憾地乖乖就寝。

翌日在工地上见面时，胜次郎一再向喜平解释自己失约的缘由。他尴尬地说，自己回家吃了晚饭，正想出门赴约时，不巧遇上邻居突发急病，自己帮着忙前忙后，一回神竟就天亮了。但喜平不信。

"那你今晚可还要去？"胜次郎问道。

"不，算了吧。我怕又有木头砸我头上。"喜平讽刺道。

胜次郎沉默了。

喜平已对他死心了。虽然胜次郎一时逞强要跟自己一起去，但他定是中途打了退堂鼓。这种胆小鬼靠不住。喜平暗自嘲笑胜次郎的窝囊。当日午后，锯木工银藏来了，喜平便再度邀他同往。银藏也支支吾吾，不知何时忽然没了踪影。

银藏也好，胜次郎也罢，都不肯与自己同行，喜平只好暂且作罢，但他怎么也不甘心完全放弃，可让他独自前往又有几分不安。再者，万一真有什么，若只有自己在场，别人恐怕不会相信，所以必须有人同行为他作证。为了寻找伙伴，喜平很是费了一番苦心。

"能找谁呢……"

冥思苦想之下，他决定邀请同町和泉门窗铺的一名年轻匠人。匠人名为茂八，今年夏季曾在根津神社 [1] 参加业余相扑。他听了喜平的委托，二话不说就答应了。

"既然如此，你早些来找我商量不就好了……其实我也正想过去看看呢。"

出乎意料地，两人一拍即合。从最初到访清水山的那晚算起，这日已是第四日，傍晚六刻刚过，

---

[1] 根津神社：位于今东京都文京区根津的神社，东京十社之一。境内是知名的杜鹃花赏花景点。森鸥外、夏目漱石等日本文学家曾在附近居住。

两人前往柳原。这阵子日头一下子缩短，四周已是黑漆漆的夜景。这晚，两人准备好了武器。茂八怀里揣着平时干活用的凿子，喜平则藏了短刀。

今夜虽没有月亮，可天穹上闪烁着无数星子。堤坝前，星光下，已开始落叶的柳树在夜风中乱舞。只穿了一件空心夹袄的两人感觉凉飕飕的。过了五刻（晚上八时），又过了四刻（晚上十时），今晚依旧没什么奇怪动静，两人感到有些无趣。

"怎样？干脆潜进山里看看？"茂八说。

"走吧。"

两人心一横，决定踏入暗夜里的清水山。清水山虽不是什么深山，但因之前说过的缘由而许久没人割草，这一带的灌木和秋草长得繁盛，芒草白色的穗子在漆黑的夜景下宛如悬浮在半空中缓缓摇曳，在这盛传妖鬼传闻的地方显得莫名地阴森。两人撩起衣服下摆，掏出事先备好的武器，屏气敛息拨开芒草前进。许是被他们的声响所惊，突然，一阵沙沙声响起，一头野兽似的东西自草丛深处猛然窜出，吓得喜平和茂八登时呆立原地。

三

"喂，有东西窜出来了！"

两人小声地互相提醒。

然而草木深深，光凭一点星光根本无法清晰辨别突然窜出的野兽是什么，只知大小如狐。那野兽动作十分敏捷，笔直地朝两人猛冲，喜平和茂八都狼狈不堪。

两人手里虽握着武器，但凿子、短刀一类的小刃极其不便于击退在脚边随意乱窜的矮脚野兽，更别提他俩还压根儿不知道脚边的畜生究竟为何物。两人心中涌现出一阵恐慌，平素自诩力大无穷的茂八一反常态，率先转身奔逃。受茂八怯懦举动的影响，喜平也跟着逃之夭夭。两人连滚带爬逃至大道上，野兽似乎没再追来。两人停下脚步，面面相觑。

"是狐狸吧？"茂八望着身后，松了口气。

"那身形若是狐狸，好像大了些。"喜平歪头疑惑道。

"那是黄鼠狼？"

"不然就是河岸方向蹿过来的水獭。"

是狐狸、黄鼠狼，还是水獭？两人在大道上讨论了一阵，但事情毕竟发生在黑暗中，两人没能看清对手的真面目，再怎么讨论都没个结果。喜平提议折回去弄清楚，茂八则有些迟疑。茂八直言，若那畜生果真是狐狸或黄鼠狼，倒没什么可怕的。可若万一是长年居于清水山的怪兽，贸然与之对上保不准会惹上大祸。不管怎么说，今夜天太黑，做不了什么，不如等月色好的时候再过来看看。听茂八这么一说，喜平也没了勇气，今夜只好徒劳而返。

银藏也好，茂八也罢，自己找的同伴净是些嘴上说得好听的窝囊废，喜平气不打一处来。虽则如此，他自己也没有勇气独闯清水山。正当喜平琢磨着寻找新同伴时，那茂八竟添油加醋地大肆吹嘘，惹得柳原清水山栖息着怪物的传闻瞬间传遍左邻右舍。银藏好像也说了些什么。工地上听了喜平描述的木匠和脚夫似乎也吹了些牛。如此这般之下，流言传至四面八方，竟有人跟亲眼所见一般到处宣扬风言风语，说什么第一晚喜平与银藏被秃头怪物揪着后领甩出来，第二晚则差点被九尾狐吞下肚。

此事传入两人东家的耳中，茂八被和泉屋老板呵斥了一顿，始作俑者喜平更是挨了山卯老板和掌柜一通臭骂。那个时代的人极其厌恶因事遭人背后嚼舌根，故而喜平除了去澡堂洗澡之外，被禁止日落之后外出。代替他们前去探索秃头妖怪和九尾狐真面目的勇士也没出现。

引发一切的白底浴衣女人也随着天气渐寒而不再现身。于是，这类传闻逐渐消散。而因喜平等人而起的秃头怪物和九尾狐谣言不仅没有消失，反而被人记述在瓦版[1]上四处叫卖，导致八丁堀同心再

---

[1] 瓦版：江户时代，将文字、绘画雕刻在黏土上并烧制成瓦状硬版，借此进行批量印刷后制成的纸质印刷品，用于快速传递各类号外新闻。

也无法坐视不理。前面说过，町奉行所并不把秃头怪物、九尾狐等问题放在眼里，但为防万一，八丁堀的差役们还是认为有必要核查传闻是否属实。因事发地点在神田，三河町的半七被召至八丁堀猪上金太夫宅邸。

"半七，听说你的地界里有秃头妖怪和九尾狐盘踞，你也真不容易呀。"金太夫笑道，"虽然荒谬至极，但惊扰邻里总归不好。虽不是需要你亲自卖力奔劳的事，但事情发生在你的地盘里，算你运气不好。你找个手下的年轻人大致查一查吧。"

面对半七这样杰出的捕史，金太夫似乎是不好意思叫他亲力亲为，便只吩咐他派个手下去打探。半七心下明了，爽快应承。

"自己眼皮子底下发生的事，竟劳您亲自过问，真是惭愧。此事我也从下面那群小子口中听过一些，只是忙于其他公务……"

"不，即便你不忙，这种莫名其妙的小差事也不该交给你这么出色的男人去办。"金太夫笑道，"'清水山'这名头听起来响亮，以堤坝长度来说也就三四间而已，大概不超过五间。也不高，足长岛 [1] 的人大概一脚就跨上去了。那种地方藏着些什么，会发生什么，其实大家心里都有数。只是清水山自古有些不好的传闻，想必这才引起了这么大的骚动。江户这地方啊，就是不能大意，毕竟烟灰盆里都能跑出大蛇来 [2]。"

"您所言极是。"半七也笑道，"确实大意不得。那我这就着手调查。"

半七回到家，立即叫来小卒幸次郎和善八。

"叫你们来不为别的，为的是清水山一事。我一直没把它当回事，可八丁堀的老爷发了话，不能再放着不管了。你们先去大致打探一番。但是，没有我的吩咐不准乱动现场。"

"是，遵命！"

两人当即出发。虽然之前一直对此事嗤之以

---

[1] 足长岛：传说中的岛屿，岛民双腿很长。相对应的还有手长岛，岛民双臂很长。

[2] 日本谚语，指在意外之处遇上了意外之事，亦指一件不起眼的小事引发了意想不到的大事。

鼻，不当回事，可一旦它成为差事，半七的直觉便愈发敏锐，总觉得此事不能全交给手下人去做，于是过了中午便出了家门。这天离喜平等人最后一次探查清水山已有月余，时节已近十月底，天色灰蒙蒙的。

"感觉傍晚要下阵雨。"半七仰望着乌云低垂的天空，迈开脚步。

虽没什么明确去处，但横竖有必要去现场好好瞧瞧，半七便先往柳原堤方向去了。

他在神田居住多年，对这片辖区熟悉到闭着眼睛都能逛个遍，但这里既然发生了这种怪事，终究还是得细致调查一番。于是半七从筋违桥沿着河堤信步往和泉桥方向走。长长的河堤上沿途栽了两百多株柳树，排成一列。这阵子的风霜将柳叶打落殆尽，徒留光秃秃的纤瘦柳枝。临近清水山的大树上，一只乌鸦正孤独地鸣叫着。半七停下脚步，仰头望去。

正如金太夫所言，此处名称里虽顶了个"山"字，但着实只是个腿长之人一脚便能跨越的小高坡，占地不过三四十坪。但因为自古流传着些古怪传说——繁茂的灌木丛间枯草高耸，上头落满了不知从何处飘来的落叶——许是多心，这儿的确令人有些莫名地胆寒。若这是在山手深处，抑或下町某处人烟稀少的偏僻之地倒能理解，可眼下这里面向神田的柳原大道，背靠神田川，夜间暂且不提，白日里总归往来人流不绝，水面上也是过往船只不断。在如此繁华的地界中，这座隆起的小小山丘里到底藏着什么秘密？又究竟是谁先传出踏入此山便会遇见妖物的流言？真有人碰上了那样的事吗？半七驻足思忖了半晌，突然，背后有人唤道：

"头儿，您去哪儿？"

半七闻言回头一看，原来是在堤坝下开理发铺的甚五郎。甚五郎貌似四十好几，脸上有些浅浅的麻子印，是个对谁都能亲亲热热地谈笑几句的热情男子。大伙都爱听他打趣，因而他铺上的生意一直很红火。

"老板，今儿个可冷哟。"半七寒暄道。

"说什么冷不冷的……我这个冬天都染了三次

风寒啦。再这么下去，我今年怕是要从江户千里迢迢跑到越后做生意了。实在可怕。"

"这世道黑白倒错，兴许最后真会变成那样。"半七笑道，"不，说到可怕，这阵子这山可不太平。"

"确实闹得大。这世道闹腾得不行，真叫人吃惊。山卯的年轻伙计想学大宅太郎[1]，结果遇上了比蛤蟆妖术更可怕的东西，好不容易才死里逃生。你或许也知道，都印出瓦版来了。"

到底是每日开门待客的理发铺老板，甚五郎对清水山一事了如指掌。从相关者喜平、银藏、茂八等人到秃头妖怪和九尾狐的神鬼故事，他都顺着半七的提问一一说明。当然，其中还掺了一些甚五郎式的打趣。

---

[1] 大宅太郎：大宅太郎光国，江户时期山东京传所著话本《善知安方忠义传》中的人物，源赖信的家臣。曾与泷夜叉姬利用蛤蟆精灵传授的妖术操纵的巨大骸骨"饿者髑髅"战斗。此画面亦被歌川国芳、月冈芳年等画家绘成浮世绘。

"遭东家和掌柜呵斥一顿，山卯那伙人全都消停了。可是世间那么大，这不，又有新人跑出来了。"

"这回是谁跑出来了？"半七问。

"是饭田町池崎大人家的仆役们。"

池崎弥五郎是家住麹町饭田町的一位旗本老爷，年俸一千二百石。今年八月，他家一名仆役在清水山下调戏了一名身穿白色浴衣的女子，没承想那女子竟然是青面女鬼，吓得当即倒地不醒。当时，与他住同一大通铺的其他仆役本想一同奔赴清水山查探，但因领头的说闹出太大动静不好，暂时平息了下来。结果秃头妖怪和九尾狐的流言愈传愈盛，他们也按捺不住了。今天上午，他们有五人结伴跑来了这里。

"这我倒不知情。"此事引起了半七的注意，"之后呢？怎么了？"

"毕竟是大宅仆役，带来了一只大狗，说这山里定是住了迷惑行人的老狐，要用狗猎狐……"

"那老狐出现了？"

"没有，但出了个怪东西。"

甚五郎蹙眉说道。

四

自己正准备着手调查，结果外行人横插进来乱搞一气，真是头疼。半七边暗自咂嘴边继续听着，忽听甚五郎说池崎宅邸的仆役们发现了怪东西，立马来了兴趣。

"什么怪东西？总不会是人头吧？"

"虽不是人头，但也不是完全与头颅无关……"甚五郎笑着答道，"我虽未亲眼见过，但听说找到了个原木盒。狗儿叼出来的。据说那木盒虽遭风吹雨打，但年头并不久。"

"既然能让狗儿叼出来，想必个头不大？"半七问。

"是个长度不足一尺的细长盒子。众人好奇里头装着什么，当场砸开一看，竟是个稻草扎的小人……这种事倒也不能说没有，不过头儿，您说，是不是挺恐怖的？一条小蛇缠在那稻草小人上，被一根粗粗的竹钉钉在了小人的身体上。那蛇好像还没死，还在抽搐呢。那些仆役见了也'啊'地惊叫出声，当下将盒子丢了出去。不过其中也有胆大的，仔细查看了那怪东西，结果又吃一惊。原来不只是蛇，那稻草小人的腹部还活活钉着一只壁虎。这一定是心中怨愤深重的人做的。"

"那个盒子之后怎么处置的？"

"仆役们心里发怵，说这东西没用，最后把它抛进河里了。"

半七不禁又咂了声嘴。原本那怪盒子兴许能提供线索，结果被抛进了神田川，如今也指望不上了。他心想外行人真叫人头疼，继续追问后续情况。仆役们还想再找其他猎物，便又将狗赶进去搜寻，结果无功而返。众人无计可施，也就死心回去了。

"这么说，没人进过山？"半七追问道。

"好像没有。虽然说这说那的，想必他们心里还是害怕吧。"甚五郎又笑了。

至少现场未被他们践踏得一塌糊涂，半七心想这算是不幸中的万幸。辞别甚五郎后，半七寻思着先去山卯木材铺看看，抬脚往岩井町方向去，结果凑巧遇上了幸次郎。他一见半七便跑了过来。

"我去山卯问了带头的喜平。之后又向门窗铺的茂八大致打探了一遍，但没打听出什么重要线索，真头疼。善八到锯木工那边去了，兴许能弄到什么好线索。"

幸次郎详细报告了事情原委。秃头妖怪和九尾狐是假的，但喜平和银藏被一只大手冷不丁扇了巴掌倒是事实，喜平和茂八被来历不明的野兽追赶也是事实。他还提了山卯工地里的大圆木突然倒下，吓了大伙一跳，木匠胜次郎也因此打了退堂鼓的事。半七沉默地听着。

"头儿，之后怎么办？"幸次郎请示道。

"这个嘛……"半七沉吟道。

"总之先盯梢？"

"嗯。虽是个笨办法，但只能先这样了。"

半七对幸次郎耳语吩咐了几句。幸次郎点点

头，快步离开了。半七随即前往山卯，与掌柜招呼一声，将喜平叫到了外面。

才遭幸次郎讯问，这回一听头儿半七又来了，喜平神色惴惴地出来。半七给他递了个眼色，将他带至铺子侧面靠墙立着的木材后头。

"方才我手下的小子来找你大致问过一遍了，我不会让你多费口舌。方才听掌柜说，你们铺上有两个小学徒，他俩叫什么？"

"利助和藤次郎。"喜平回答，"若您找他们有事，不如我去叫来？"

"不急。利助和藤次郎今年几岁？"

"他俩同年，都是十六岁。"

"哪个比较老实？"

"藤次郎更踏实听话。利助那小子爱捣乱，今年夏季还曾被赶走。不过他父母过来求情，这才又让他在铺里接着干。"

"那木匠胜次郎为人怎么样？我听说他原本答应与你一同去清水山，结果中途犯怵退缩了。他赌不赌钱？"

"好像赌点小钱。他家住龙闲町[1]粗点心铺子后巷，据说他与附近一个三味线师傅的女儿打得火热，每晚都过去。正因他是这样的人，我起初也没想找他，反倒是他兴致勃勃，一个劲地说要和我一起去，我就跟他约好了，结果他事到临头果然变卦。"

"看来是个没种的。"

"当真没种！"

喜平极其厌恶胜次郎临阵脱逃，贬斥他道。

"胜次郎今天来了吗？"半七问。

"没来。这阵子好像去本石町[2]的油铺做工了。"

"原来如此。那劳烦你把小学徒利助叫来吧。什么也别说，把他带过来就是。"

"是，是。"

喜平转身正打算回去，却忽然大声喊道：

"喂，小兔崽子！"

<hr />

[1] 龙闲町：今东京都千代田区内神田三丁目一带。

[2] 本石町：今东京都中央区日本桥本石町。

半七一惊，回头一看，只见喜平从木材后头揪出一个小毛孩。半七立刻明白他就是那个爱捣蛋的小学徒。

"头儿，他就是利助。喂，你小子方才躲在这后头偷听什么？"喜平一下下推搡着利助的胸口，将他推至半七面前。

"哎，对小孩别这么凶巴巴的。喜平，你在这儿我不好问话，劳你回避一下。"

打发走仍不安地瞪着利助的喜平，半七缓缓开口：

"利助，你的名声不太好啊。你虽还是孩子，但已经十六岁了，应该明白是非善恶了，可你为何要做那种坏事？"

利助忽然遭半七怒视，愣愣地仰望着对方的脸。半七接着说：

"我是三河町的半七。你若撒谎，我就把你绑了去。上个月，喜平和木匠胜次郎商量着去清水山的时候，是谁弄倒了工地的木材？"

此话一出，饶是爱捣鬼的小毛头也当即变了脸色，哑巴一样沉默不语。

"为何不说话？为何不回答？说！是谁让你推倒圆木料的？那么大的圆木倒下来，万一砸破人家的脑袋怎么办？你毫无疑问是凶犯！为何要做这种恶事？你再怎么爱捣鬼，也不至于独自想出这种点子。是谁指使你的？快说！"

利助低着头一声不吭。

"事实胜于雄辩。你若问心无愧，为何躲在那边偷听？不论你如何嘴硬，我可是知道得一清二楚！"半七笑道，"既然你不肯说，那我说给你听。让你推倒圆木的是木匠胜次郎吧？怎么样？你可还要继续犟？"

利助再怎么调皮，再怎么嘴硬，这个年仅十六的小毛孩自然不是半七的对手。心中秘密被半七一一说中，利助终于败下阵来。他招架不住半七的诘问，承认推倒工地木材的就是自己，指使他的正是木匠胜次郎。胜次郎给了利助一百文钱，让他偷偷推倒木材。只是利助也不知胜次郎为何要自掏腰包唆使他干这样的坏事。他生性调皮，此番让他惊扰众人，他觉得有趣，想也不想便应下，然后将自己小小的身子藏在木材后头，冷不丁地推倒一根，如此而已。

听完利助的全部供词后，半七带他去见掌柜，并严厉叮嘱掌柜禁止利助外出，等待警备所正式传唤。

五

半七离开山卯木材铺，再度折回柳原大道，此时小卒善八从后头追了上来。

"头儿，方才我去山卯找您，结果他们说您前脚刚走，我便立即追了上来。听掌柜说，有个叫利助的小学徒犯事了？"

"嗯，我大致心里有数了。"半七笑道，"话说回来，锯木工那边你查得怎么样了？"

"银藏那厮没戏。没查出什么有用的。"

善八将自己查到的都说了，内容与幸次郎的报告大差不差。事实也正如他自己所可惜的那样，没什么新线索。

"看来银藏和喜平都和此事没什么关系。既然如此，你去把那个年轻木匠胜次郎抓来。听说他去本石町的油铺干活了。"

"是。立即押到警备所去？"

"嗯。我先过去等着。"半七说，"对方是个年轻人，又是木匠，身上兴许带着刀刃，你多加小心。"

与善八分开后，半七便准备前往町中警备所，但转念又想，从日本桥本石町将胜次郎抓到警备所估计要费好一阵子，于是调转脚步进了理发铺。铺里正好没有客人，甚五郎正叼着长长的烟管，抽着烟望着外头。

"哟，头儿。方才见笑啦……"他起身迎客，"屋里乱糟糟的……您坐。"

甚五郎打一开始就知道半七来铺里并非要梳头，故而往火盆里加了些煤末子，推到半七面前，同时问道：

"头儿也在调查清水山一事？"

"世间闹哄哄的，到底不能全然置之不理。"半七边掏烟袋边说。

"其实方才未跟您说，池崎宅邸的仆役里还有这么个家伙。不过此事只有我知晓。大约八月中旬开始吧，有个奇怪男人时不时来我铺上扎发髻。有时只身一人来，有时带个同伴，不过大抵都是一个人来。他年纪三十五六，晒得黝黑，块头很大，眼神挺凶，不爱开口，通常都是一声不吭地让人摆弄头发，一声不吭地搁下钱就走。"

"他怪在哪里？"

"这倒也说不上来……我也是做待客生意的，每天都见形形色色的人，可我总觉得那男的不太对劲。"

"那男的如今还来吗？"半七吸着烟，徐徐问道。

"怪就怪在这儿。九月过半，山卯的伙计们来过之后两三日，那男的和往常一样进店，让我给他剃须。此时又来了其他客人，聊起了山卯伙计的事。那男的本来默默听着，不一会儿嗤笑一声，半是自言自语地咕哝道：'可不兴做那种无聊事。'接着又说'到时遭殃的是自己'……我随声附和了一句'您说得是'，他也没理我。之后他便不再来了。"

"再没来过？"

"一次都没来过。头儿，您说说，是不是很奇怪？

方才也说了，那人皮肤黑，块头大，长得很结实。"

　　看来，甚五郎怀疑那个男人便是扇了喜平和银藏巴掌的人。半七也如此觉得。

　　"你说那男的有时会带同伴来？"

　　"对。"甚五郎点头。"另一个男人稍微年轻些，三十二三岁吧，比他矮小多了。"

　　"能不能看出他们是干哪行的？"

　　"这个嘛……"甚五郎歪头思索道，"应该不是江户人。大约是近郊的农户。"

　　"哎呀，这回多谢你了，告诉了我一件好事。若事情顺利，我请你喝一杯。"

　　"不敢不敢，若能帮到头儿再好不过。"

　　半七出了理发铺，来到山卯町中的警备所一瞧，善八还没过来。他与当班的壮丁围着地炉聊了一阵，善八终于带着木匠胜次郎来了。胜次郎二十出头，是个肤色苍白的瘦削男子，乍看是个有些小聪明的地道的江户匠人，半七凭借多年的经验一看便知他不是个有胆量的凶徒。

　　"喂，辛苦你了。"半七对胜次郎说，"你来得挺快。"

"因为听说头儿有公事找我。"胜次郎老实答道。

仔细一看，他的脸色病恹恹的，眼神也黯淡无光。

"咱们开门见山，你去柳原清水山做什么？"

"不，我没去过。虽然山卯的喜平大哥邀我去，我实在不想，就拒绝了。"

"既然不想去，为何一开始自告奋勇？既然不愿意，不吭声岂不是更好？你为何先说要去，却中途反悔，还给了山卯的小学徒一百钱，让他推倒工地的圆木头？我想听听理由。你照实说来。"

"是……"

面对半七的诘问，胜次郎似在心中盘算借口。于是半七又劈脸说道：

"说起来，你倒认识个怪人。那个三十五六岁、肤色黝黑的精壮男人是谁？"

胜次郎默不作声地垂着头。

"还有个三十二三的小个子男人……你为何与他们有来往？"

胜次郎脸色苍白，开始发抖。

"一切都已传到上头的耳朵里去了，你也别挣扎了，真是不干脆。"

在半七的瞪视之下，年轻木匠终于跟没了骨头似的瘫软下来。

"喂，好歹回句话。你若不开口，不如我再多说些给你听？但是，我说得越多，你的罪就越重，你可得想清楚喽。还是说，你现在就老实招供？"

再度遭半七瞪视，胜次郎慌忙叫道：

"头儿饶命！我说，我说！"

半七让善八端碗水来，放在胜次郎面前。

"来，给你碗水。你先喝了定定神，然后一五一十地说清楚。"

"多谢头儿。"胜次郎哆哆嗦嗦地喝了口水，接着双手支着地板说，"事已至此，我就把一切都招了，但我绝没有干过坏事！"

"胡说。"半七瞪着他道，"你嘴巴还真硬。那好，我就好好跟你说道说道。你若最初便没打算去清水山，心里也没藏着亏心事，应当打一开始就默不吭声。你就是心里有鬼，才故意提出要去清水山，但又不打算真去，这才为了吓唬喜平他们而让小学徒推倒圆木。谁知即便如此，喜平还是执意要去，你只好随便扯了个邻居突然害病的谎言推托过去……哼，胜次郎，还要我继续说吗？给人惹麻烦也得有个度！"

"小人认罪。"胜次郎颤声说，"头儿全都说中了。可是头儿，我虽与清水山一事有关，但绝没有干过歹事呀！请您听我说。今年七月末，太阳落山后依旧很热，我便哼着歌走过柳原堤下，兼作纳凉。那时大约已五刻半（晚上九时），我不经意一看，发现昏暗中有个穿着白底浴衣的女子正呆呆站着。我以为是揽生意的夜鹰，便存了调戏的心思凑过去开了个玩笑。谁知那女子突然抓着我的手，将我拉去了堤坝上。我也是年纪轻，越发觉得有趣，便跟着去了。结果对方不仅不是夜鹰，反而在临走前往我手里搁了一分金子，还叫我明晚一定要过来。我更开心了，次日晚上也如约前往，那女子果然正等着我。我们一直都在清水山

139

幽会，每次相见她都会给我一分金子。我觉得再没比这更有意思的了，直到八月初八晚上——那晚我真是永世难忘。那晚月光很亮，照得女子的脸……她一直用手巾严实地蒙着脸，我看不清她的样貌。那晚，我想着定要好好瞧瞧她的脸，便就着月光窥探，结果吓了一大跳：那女子从两边眼角到鼻子下方如蒙了面具一般全是青黑色的斑纹，宛若画卷上的女鬼！我吓得几乎晕过去，慌忙推开她想逃，结果她抓着我的袖子不放。她说有话想对我说，让我跟她去，然后强行将我拉进了清水山深处。每次见面，她都会给我一分金子，所以我知道她不是妖怪，但在看清她那妖怪一般的真实面容后，我也心里发怵，抱着被阿岩[1]、

---

[1] 阿岩：《四谷怪谈》中的女鬼，家住杂司谷四谷町的浪人伊右卫门生活潦倒，其妻子阿岩被迫卖身。伊右卫门为了出人头地，决定与另一富家女结婚，并毒杀了阿岩。阿岩死后化身幽灵复仇。《四谷怪谈》是由日本元禄时代的真实事件改编而来，本是鹤屋南北四世于公元1825年写成的歌舞伎剧，原名"东海道四谷怪谈"，历来被认为是日本最著名的怪谈，对日本恐怖文化影响深远。

阿累[1]缠上的心情惴惴不安地跟她去了。女子啜泣说，她自知总有一天会败露，如今真发生了，她还是觉得悲伤难过。她要我做决断，往后是要怜悯这样的她，继续与她相约，还是就此厌恶她，离她而去。还说她往后的打算都视我的答复而定。我瞧她那架势，仿佛我一说不，她就要冲上来咬断我的喉咙，或是从腰带里掏出刀来，总之绝不可能善罢甘休。我没有办法，只好暂时稳住她，说往后还会照常相见。"

胜次郎又喝了一口碗里的水，歇了口气。

---

[1] 阿累：《累渊》中的女鬼，生前因相貌丑陋及不良于行被入赘的丈夫嫌弃并杀害，后化作女鬼向丈夫及其先后娶进门的 6 名续弦复仇，最终附身丈夫与第六名续弦所生的女儿阿菊，借阿菊之口控诉丈夫罪行。阿累的故事最初出自元禄三年刊行的话本《死灵解脱物语闻书》，该话本基于庆长十七年（1612）至宽文十二年（1672）60 余年间实际发生的事件创作而成，所载均为被男子为了一己私利而杀害的女子的复仇故事。

六

事情之后的发展，胜次郎的供述如下。

当晚，他说了一通安抚之言后，那夜叉般的女子总算放过了他。眼下他心中已没了那些色欲和利欲，也不想再见女子，因而次日晚上便爽约没去清水山。可待在家中又莫名地心慌，他便去附近的女师傅处玩耍，四刻（晚上十时）钟响时才归家，岂料那女子竟鬼一般地站在他家门前。胜次郎是单身汉，出去前又锁了门，那女子便伫立在屋檐下等他回来。胜次郎见状又吓了一跳。早知如此，自己当初就不该疏忽大意地透露住处，如今后悔也来不及了。无奈之下，他只得让那妖怪进屋，可女子并未进门，而是离开了。

临走前，女子铿锵地叮嘱道，若胜次郎失约不去清水山，自己随时会不请自来。胜次郎由是愈发为难。他原本想搬家，可一想到女子或许会执着地跟着他跑，便又犹豫了。第二天晚上开始，胜次郎又前往清水山，可心境已全然改变，只觉得那女子愈发可怖。从初次见面至今，女子从未言明自己的身份，只说自己家住小石川音羽[1]，名唤阿胜。胜次郎心存怀疑，谨慎起见去了音羽打探，可音羽实在太大，光凭"脸上有斑、名唤阿胜的女子"这点信息很难找到。他仔细一想，别说住址了，兴许那女子连名字也是假的。搞不好只因自己叫胜次郎，对方便顺势扯了个"阿胜"的名字。如此一来，胜次郎愈发忐忑，认定再与那女子纠缠下去对自己决计没好处。

不久，柳原堤有奇怪女子出没的流言愈传愈盛。胜次郎对此又是心中惶惶，提出换个幽会场所，但女子不知为何不肯应允。对于清水山盛产妖物的传说，年轻的胜次郎原本并未多加在意，可如今一想这妖怪般的女子对清水山如此执着，结合外

---

[1] 小石川音羽：今东京都文京区音羽。

界各式说法一琢磨，他如梦初醒，心中的惶恐与日俱增。眼下无法搬家，也不能逃往外地。胜次郎想，不如干脆找个人说明缘由，让人帮忙出主意，结果又迟迟无法下定决心，如此拖拉了一日又一日。此时，山卯的喜平开始了他的探险。

恰如半七所料，心中有鬼的胜次郎虚张声势，约好与喜平一同前往清水山。他当然不打算履约，于是给了山卯的捣蛋小学徒一百文钱，让他暗中推倒工地木材吓退喜平。可惜计谋落空，他只好用其他借口避免与喜平结伴。哪知喜平竟然又找了别人相陪去清水山，誓要一探究竟，胜次郎那些天里一直悬着一颗心，暗暗担心喜平等人撞破阿胜的真面目。但奇怪的是，喜平等人开始冒险后，阿胜便不见了踪影，也未到胜次郎家中相寻。

女子因畏惧喜平等人的探险而隐匿行踪，这对胜次郎来说无异于意外之喜，他当下松了口气。附近的清元师傅有个叫美代的女儿。近来，他每晚都泡在那里，借练习之名尽情调笑，竭力忘却清水山的那名女子。胜次郎的供述便是如此。至于是何人打了喜平等人，又是什么野兽惊吓了他们，胜次郎表示毫不知情。

他的这番供述中并非没有疑点，但半七并未继续审问。为防万一，他又问道：

"那个叫阿胜的女子，之后便半点消息都没有了？"

"当时我也暗自担心她会突然再度出现，可如今已过月余，她还是毫无踪影，所以我也安下心，觉得她应当不会再来了。"

"原来如此。"半七点头，"还有，六月至七月期间，你去哪里干活了？"

胜次郎不久前好不容易出师独立，还没有自己的主顾，平日都是跟着师傅跑。今年六月至七月，他统共去了五个地方干活：日本桥两家，神田一家，深川一家，杂司谷一家，并且每次都是三四日工期的修缮工事，只有深川和杂司谷的活计长些，前者十日，后者二十五日。在半七的提问之下，他又一一详述了每家主顾所在的町名和家号。

"行，我知道了。今天先放你回去，往后或许还会因公传唤你，每次出工时别忘了知会房东去处。"半七说。

"遵命。"

"还有，我提醒你一句，近期最好不要走夜路，尽量老老实实地待在家里。"半七警告道。

胜次郎一一应下，匆匆离去。

"头儿，怎么样？"善八望着胜次郎的背影，小声问道。

"阿幸一直在清水山町梢呢，你辛苦一些，找个人帮你一起把那小子干活的工地都查清楚。"

"要查些什么？"

"最好各方各面查个底朝天，但大致要查这些……"半七将嘴凑近小卒耳边。

不知半七轻声吩咐了什么，善八逐一点头，接着也快步离开了。即便分头行事，要调查完日本桥、神田和深川也没那么容易，尤其杂司谷地处偏远。半七估摸着他们一天也调查不完，便仰望着日暮时分的冬日天空，回到了三河町自宅。

翌日早晨，一个披着粗草席的乞丐出现在半七家后门，原来是小卒幸次郎。

"不行，我打扮成这样在清水山过了一宿，连条狗都没见着。"他在清晨寒意中颤抖着说道。

"辛苦了，辛苦了。给，先去澡堂跳进池子里游一游吧。"半七给了幸次郎一些钱。

"今晚可还要继续盯？"

"这个我再想想。"

幸次郎换了身衣服出门。半七迅速吃过早饭出去，与昨日一样先去清水山下转了一圈，再去山卯铺上。正巧站在门口的喜平一见他，慌忙跑过来。

"头儿，听说木匠胜次郎昨晚没回家。"

"胜次郎……昨晚……"

"是。他昨晚又去了町中师傅那儿，闹到四刻（晚上十时）才走，结果到了今早都没回家。本以为他是去哪儿借住了，可听同院的邻居说，他这阵子很少不在家。"喜平若有深意地低声道。

"他到底是个年轻人，指不定真跑去哪儿了。眼下天才刚亮，说不定待会儿就出现了。"

"可是头儿，听说离师傅家大约半町处发现了胜次郎的烟袋和一只草履。"

"这样啊。"半七皱起眉头，"那就不能放着不管了。"

半七只好先去了龙闲町的后巷长屋，在房东陪同下搜查了胜次郎家，发现前门还锁着。撬开锁进门一看，狭窄的屋中并未被翻乱。若是连夜出奔，他总要收拾些东西带走；而若是借宿别家，将烟袋和一只草鞋落在大街上就奇怪了。半七又去了清元师傅家，得知胜次郎昨晚并未喝醉。如此一来，事情愈发可疑。半七又去找了胜次郎的木匠师傅大五郎。大五郎家离山卯铺面不远，格子门前站着两个年轻匠人和一个学徒，似乎正低声讨论着什么事。

大五郎已年近五十，将半七迎入屋后礼貌地打了招呼。

"您打听的胜次郎的事，我也很担心，眼下正准备与手下的小子们分头寻找他可能会去的地方。照昨晚的情况看，我猜他兴许是与人起了争执。他是男人，总不会被人拐走……作为木匠，他平时就很老实，应当不至于遭人怨恨，眼下也不知究竟怎么回事。"

"我昨日听他本人说，今年六月至七月间，他去了日本桥两家，神田一家，深川一家，杂司谷一家主顾处做工，这其中可有谁家里有脸上长青黑斑的女儿或婢女？"

"这……"大五郎歪头思索道，"那些都是跟我来往的主顾，好像家中都没有那样的姑娘。说起来，唯有杂司谷那家是这次头一回做生意，可脸上有青黑斑的女子……我从未见过。不过，为防万一，我还是问问手下的年轻人吧。"

他叫来聚在门口的匠人和学徒，问了青黑斑女子一事，但没人知晓。半七有些失望，但还是向木匠头儿和匠人们尽可能多地打听了杂司谷的主顾后才离去。归途中，半七在心中罗列、拼接这两日探查到的各种消息，冥思苦想。不久，似是终于按顺序串联好了一切，他心中渐渐轻松。他觉得，如今真相即便算不上囊中之物，也至少是唾手可得了。

七

　　半七到家后，过了正午，小卒多吉率先归来。他与善八分头调查了日本桥的两家主顾和深川那户人家，但他的报告中并没有足以引起半七注意的消息。

　　"看来问题在杂司谷了。"

　　如此想着，半七在家静候。终于，善八在日落时分急匆匆赶了回来。他从神田大老远跑了一趟杂司谷。善八解释说，神田那两户人家查起来不费力，但去杂司谷一来交通不便，颇为麻烦，再则自己还遇上了些意料之外的麻烦，所以才迟了。

　　"我猜也是如此。"半七迫不及待地问，"开门见山，神田那边先不管，你先讲讲杂司谷的情况。听说那家是五谷铺？"

　　"没错，那户人家姓庄司，故而当地人都称之为庄司。他们好像是当地的世家，虽是开五谷铺的，却是田产众多的大农户。铺子右边有好大一道门，宅子也造得很大。据说铺子和田里的佣工全加起来有四五十人。"

"除了佣工，他们家里有几口人？"

"他们家丁虽多，主人却极少。"善八回答，"家主叫藤左卫门，已经六十来岁，妻子十来年前过世，底下有二子二女。长子去了奥州，不在铺上。次子过继给中国地方[1]的亲戚当养子。长女嫁去了越后。如今留在家中的只有名唤阿早的次女，快二十六了，据说因为身子骨差，去年起便闭门不出，不肯与人见面。"

"这么说，如今家中只有他们父女二人。庄司家可有传出什么不好的风声？"

"这倒没听说。他们家主人宅心仁厚，在当地一提庄司老爷，大家都把他当活佛一样敬仰呢。问

---

[1] 中国地方：日本本州岛最西部地区的合称，包括今鸟取县、岛根县、冈山县、广岛县、山口县等5个县。

来问去都是些溢美之词，没人说他坏话。这趟怕是白跑了。"

"不，没白跑。"半七微笑说，"如此终于真相大白了。与胜次郎幽会的那名女子，一定就是那个叫阿早的二十六岁姑娘。"

"是吗？"善八怀疑地望着头儿。

"你想想，家里如此大的产业，他却让长子远赴奥州，令人费解。次子送到遥远的中国地方，长女则远嫁北国。那么多子女都被远送他乡，这其中必有蹊跷。那家人定是染了某种恶疾，怕是麻风病或是某种血脉相承的疾病，即便父亲幸运地平安无事，他的子女成年之后还是会发病。故而，虽然家主对外宣称子女去了奥州，去了北国，实则定是将他们藏匿到某处不为人知的乡间去了。留在家中的次女阿早自去年起身体抱恙，一定也是发了病。若只是普通疾病，不至于不能见人。想必她是为了避人耳目躲到某处疗养去了。如此一想，她也实在是可怜。"

"可是，那个阿早姑娘不是来与胜次郎幽会了吗？这点还是想不通。"

"这有什么想不通的。"半七又笑道，"那姑娘脸上不是有青黑斑纹吗？那是她发了病，拿了颜料涂在脸上，遮住她发病的脸色。想必正因如此，她才会徘徊在清水山的昏暗处。此事若仅看胜次郎的说辞，看似是他在大路上偶遇女子，实则并非如此。胜次郎一定是在六月至七月去庄司家干活的那大半个月间，因某种契机而与阿早有了关系。女子对男子一往情深，特地从杂司谷赶来相会。可胜次郎若将她带回家中，须得顾忌左邻右舍的目光。同时，女子也因患病，更中意光线昏暗的地方。两人商议过后，便决定去向来无人敢踏入的清水山幽会。"

"胜次郎知道她的病吗？"善八皱眉道。

"恐怕不知道。"半七叹息道，"姑娘脸上有斑的事，他应该知道，但对方毕竟是大户人家的女儿。但胜次郎恐怕是利欲熏心才栽了进去。人在做天在看啊。殴打喜平和银藏的应该也是杂司谷庄司家的人。众多佣工中也有忠义之士，大抵是大老远跑来保护主家小姐了。到甚五郎铺上梳发髻的那两人便是庄司家的人。如此前后一联系，昨晚掳走胜次郎的人是谁也大抵清楚了。阿早与胜次郎幽会是他们自己的事，但惊扰世人就不好了，必须加以训斥。尤其杂司谷的人还掳走了胜次郎，这可不好。虽然他们所为不至于入罪，但若不呵斥他们一顿，救出胜次郎，他就太可怜了。"

"那我们现在就去？"

"现在天黑了不好办事，明天再去吧。虽然外面谣言传得沸沸扬扬，胜次郎那厮最近也渐渐变心，他们才掳了他去，但也不至于要了他的命。只要揭开真相，便不用太紧张。"

翌日早晨，半七带着善八前往杂司谷。虽觉得不至于，但对方到底是高门大户，家中仆役众多，又颇受邻里敬重，这一趟说不定会遇上阻挠，因此幸次郎和多吉也暗中跟在后头。庄司家看着确实像历史悠久的古老大宅，大门前高耸着许多闻名在外的大榉树。

两人说想拜见主人，不久便有人将他们领进了门。院子里有一方大池，水面有鸭子游弋。芒草白色的穗子在岸边轻轻摇曳。两人绕过池子，在庭院树丛中穿行，最终被领至一处独栋屋宅，里头似是相邻的两间十叠和八叠房。

但令半七诧异的是，胜次郎的木匠师傅大五郎正一脸沉郁地坐在线香腾起的烟雾中。半七实在没想到，大五郎竟会比自己早一步来到这里。他对面坐着这家的主人藤左卫门，家主虽衣着质朴，但气质文雅，颇有大家风范。他也无精打采地垂着头，见半七来了，便彬彬有礼地问候。招呼过后，半七首先开口问大五郎：

"头儿怎会在这儿？真叫我们吃了一惊。"

"没什么……"大五郎低声回答，"今早天还未亮，这家主人便派了轿子迎我，我稀里糊涂地就过来了。"

话虽如此，屋内不知何处飘来的线香气味令半七十分在意。

"好像有不祥的味道。"

"正是此事。神田头儿，还请您过来瞧瞧这个。"

藤左卫门起身拉开隔壁房间的纸门，只见里面并排躺着两具浑身是血的男女尸骸。

"冒犯了。"

半七也起身过去，先检查了两具尸骸。男子脖颈上有一刀伤自左侧斜斜划至喉头。女子也是咽喉从左侧遭刀刃刺穿。枕边则放着一把染血剃刀。

如此，一切尘埃落定。

正如半七所料，胜次郎的供述中掺了不少谎言。今年夏季，他与木匠工头一同来此做工，修补主屋和厨房。虽只是修缮工事，但主顾毕竟是高门大户，工期二十多日，胜次郎每日上工期间，渐渐与那里的婢女们混熟了。当年轻木匠已与年轻婢女们熟到可以互相打趣时，某日午休，一个叫阿兼的婢女将胜次郎唤至隐蔽处，悄声对他说了些什么。原来庄司家的小姐阿早不知何时对胜次郎有了情愫。阿早的脸上和手脚上有青斑，至今没能定亲。婢女说，若胜次郎明知如此，还肯与小姐相好，小姐就给他十两金子。胜次郎年轻不懂事，加上利欲熏心，最终答应了。他在阿兼的牵线之下首次与阿早相见。那是在一座古旧土仓房内部，连白天也光线昏暗。

不久，工事收尾，胜次郎不再前往杂司谷，却换阿早追了过来。但她不愿待在男人居住的后巷长屋中，总是约在清水山相见。父亲藤左卫门察觉此事，狠狠训斥了女儿，但热恋中的阿早不肯放弃。由于此事并非普通年轻姑娘的任性或放浪，做父亲的藤左卫门也心下不忍，最终还是由着女儿去了。但他担心女儿只身外出不安全，便遣了两名自小长在庄司家的家仆每晚暗中跟随，保护阿早的安全。当日打了喜平二人，阻碍他们探险的自然便是他们。

然而，既然出现了此类探险之人，贸然前往清水山便危险了。于是他们提醒了主人，也提醒了阿早。如此，阿早有一阵子不再出门，可她对男人的迷恋却无法轻易切断。她对胜次郎思之如狂，有次竟想跳入院中的水塘，还有一次拿了剃刀企图刺入喉咙。藤左卫门对此大为头疼，可对于身有残缺的女儿，他本就付出了更多的疼爱与怜悯，于是在与两名家仆商量之后，决定将女儿苦恋的男子抓来。被当地人敬若神佛的藤左卫门终究也因疼爱女儿而不辨是非，化作拐人的恶魔。忠心耿耿的两名家仆知晓主人的苦心，也同情小姐的恋情。他们在胜次郎半夜自师傅处归家的途中突然擒住他并堵上嘴，塞进事先准备好的轿子中，顺利将他生擒至杂司谷。恍恍惚惚的胜次郎被带到阿早起居的别栋屋宅里，在昏黄的座灯下与脸上涂满青斑的女子相对而坐。

之后的事便无人知晓了。然而，也不知是否有什么预感，藤左卫门总觉得不安，天还未亮就悄悄过来看情况，怎料看见的便是满室血腥和倒在血泊中的两具亡骸。

虽不知二人是如何死的，但结合前情后续及现场状况，半七也能猜到这并非普通情死。胜次郎应当是被青斑姑娘提早夺去了年轻的生命。对此，藤左卫门边擦眼泪边说：

"办案差役过来一看这情形，定能明白一切，我也不会隐瞒。我明白，是我女儿想不开，才做了这样的事。若她只是个普通女子，不管身体有何欠缺，我都会尽力恳求胜次郎公子，设法让他俩结为夫妇，可实在是……"

说到一半，他噙了声。半七望着藤左卫门微微颤抖的鬓边白发，备感痛心，不禁连连眨眼忍住泪光。

"我明白了。您不必多言，一切我都清楚。木匠头儿，"他扭头对大五郎说，"您平白失了个徒弟，想必也不好受，但世事难料，无可奈何啊。可否请您不要声张此事，就当他们二人是情死，将他们合葬在庄司家菩提寺中呢？"

"那便有劳了。"大五郎答应了。

藤左卫门再度流泪。半七和大五郎再次为两位死者敬香。

世人称此事为"杂司谷情死"。阿早和胜次郎入葬离庄司家不远的菩提寺内，之后便是连绵的阴雨寒日。时至十一月中旬，有人在清水山活捉一只野兽。原来是它中了喜平和门窗铺茂八设下的陷阱。

喜平和茂八各自被掌柜和东家训斥后，此事传遍左邻右舍，大伙都说他们是胆小鬼。两人极为不甘，誓要揭露惊吓自己的野兽的真面目，于是商议之下，又不长记性地进了清水山探查。由于此次目的是捕获野兽，他们以鱼和耗子作饵，在灌木丛和枯芒草中设下陷阱，终于在第三天夜里抓到了一只长约四尺的野兽。那野兽酷似黄鼠狼，通体黄毛，还有一条长尾巴。众人判断应当是貂，但因为很少有貂长得如此之大，最终大伙还是将它当成了一种来历不明的奇怪野兽看待。如此，世间风声一变，都说清水山怪事频发是因有怪兽栖息，而揭露了怪兽真面目的喜平和茂八虽未成为岩见重太郎二世，但好歹洗脱了胆小鬼的污名，大摇大摆地在町中招摇过市。怪兽的下场不言自明。它被送至向两国的杂戏棚屋中供人观赏，宣传是长年盘踞在柳原清水山的九尾怪兽，替杂戏棚的主人赚了不少钱。

眼下只有一个疑点还未解决，那就是池崎的仆役们放入清水山的狗叼出来的那个奇怪盒子究竟来自何处。半七老人对我说，那恐怕也是阿早带进去的，不过他并未亲眼见过，故而也不好说。那只酷似貂的野兽究竟是以前就栖息在那儿，还是从别处钻进来的，这也不得而知。武家仆役们放出的狗没有抓住它，反而叼出了那个奇怪盒子，此事要说不可思议，也的确不可思议。

06

被囚禁的紫鲤

"我这样的旧人讲故事时，前言总是很长，现在的年轻人听着或许会有些心急。但从讲述者的立场来说，若不详加说明，心里就不舒坦。万事皆因果，还请你听故事时多多包涵。"

半七老人还是往常的腔调，笑着开始讲述。那是明治三十一年十月的一个傍晚，空寂的秋雨自白天就一直下，让人不禁想起老人以前说的《怨女夜游津国屋》怪闻。我又同往常一样，毫不客气地恳求老人在这样一个夜晚再讲些鬼怪故事。老人歪头思索了一阵，随后徐徐开口："虽不知算不算有趣，但确实有个故事，你可以听听。"

老人为此说的开场白便是开头那句话。

"不，怎么会心急？我反而要请您尽量详细地说明呢。"我回答，"不然，有些事情我们这代人实在不懂。"

"即便是客套话,你这么一说,我讲起故事来也更自在了。如今和往昔实在是截然不同,因此若不先了解这些,故事就没法说了。"老人说,"好了,这次故事的舞台是江户川[1]。但不是远方葛饰[2]的江户川,而是隔开江户小石川区域和牛迂区域的那条江户川……最近那边的堤坝种上了樱树,还往上面挂灯笼,挂纸罩蜡灯,被称为'新小金井',成了一方名胜。今年初春,我也去那边赏了夜樱。河上满是游船,岸上游人摩肩接踵,推推挤挤地往前走,热闹得令人吃惊。可在江户时代,那一片都是武家宅邸,荒凉得很,别说赏夜樱了,太阳落山之后女子只身一人都不敢往那儿走。此外,往昔那条河比现在深得多,因为船河原桥下方筑坝堵

---

[1] 江户川:关东地区的有名河川,为利根川分流,全长 59.5 千米,覆盖茨城县、千叶县、埼玉县、东京都。

[2] 葛饰:曾存在于旧下总国的郡,律令时代将渡良瀬川的下游流域两岸地域设为葛饰郡,大致相当于现在的江户川流域,今分属东京都、埼玉县、千叶县、茨城县等四都县。

起来了。为什么堵？因为往昔那一带是将军家的渔场[1]，禁止民众杀生、撒网或垂钓，因此这一带栖息着大量鲤鱼等鱼类，为了保护鱼类才筑坝蓄水。当然，若完全堵死，上游淌下的河水便会淹没两岸，因此坝修得比较低，河水漫过堤坝后再下落注入江户川。不过，那么长的河流在那里先受阻又高高坠下，水声不分昼夜震耳欲聋，因此那一带便得了个俗名叫'轰轰'。水声轰轰响，所以叫轰轰，甚至有些江户地图上还把船河原桥标作'轰轰桥'。虽然现在那里水流也急，但往昔更急，轰轰附近还被称为蚊帐渊。据说不知哪朝哪代，有户人家的媳妇去河堤下洗蚊帐，结果急流卷走蚊帐时，将那媳妇也带了下去，被蚊帐缠住淹死了，于是那里便被后人称为蚊帐渊，无人敢靠近。"

"我倒不知还有这样的故事。不过我们小时候也把那里称作轰轰，山手那边的人常去钓鱼，只是鲜少钓上鲤鱼来。"

---

[1] 江户时代，这一带隆庆桥至中之桥的一段江户川是捕捉幕府将军御用鲤鱼的渔场。

"恕我冒昧，那是你们不会钓吧？"老人又笑道，"近几年那里还能钓到相当大的鲤鱼。还有方才也说了，江户时代那里是禁止杀生的官家渔场，所以里面有很多大鱼。那条河里的鲤鱼叫作紫鲤，从头到尾都是深紫色，十分有名。我路过时也见过两三次，不像普通鲤鱼那样黑。大家眼睁睁见着那么多紫鲤在水里游来游去，却没法抓。不过每个时代都有投机取巧的家伙，明知这里禁渔却还要学阿漕的平次 [1]。接下来的故事也是因此而起。"

文久三年（1863）五月中旬，连日下个不停的梅雨在某日傍晚罕见地歇了一阵。在不见半粒星子的漆黑夜里，有人叩响牛迁无量寺门前的小草履铺的大门。无量寺门前便是今天的筑土八幡町 [2]。

---

[1] 阿漕的平次：日本传说中的渔夫，为了生病的母亲而违背禁渔令在阿漕浦上打鱼，最终被卷在草席里投入海中淹死。常成为谣曲、净琉璃等曲艺的素材。

[2] 筑土八幡町：今东京都新宿区筑土八幡町，就在上文所述江户川河段上隆庆桥以西三四百米处。

由于这阵子一直下雨，草履铺的生意也和歇业没两样。由于老板藤吉傍晚就出了门，媳妇阿德早早打烊，眼下正坐在长火盆前缝补浴衣，前头忽然传来了轻轻的叩门声。阿德停下手中针线抬起头来。时辰已近四刻（晚上十时）。这么晚，不可能是来买东西的，大约是来问路的吧。这么想着，阿德没有起身，径直开了口：

"哎。有事吗？"

外头又轻轻叩门。

"哪位？可是要买东西？"阿德又问。

"打扰了。"外头的人低声道。

阿德莫名其妙，只好起身。她来到狭窄的铺面，再度问有什么事。外头有个女子细声回答想见这家老板。阿德回说丈夫外出未归，女人回答那就见老板娘。阿德只好开门，夜色中，只见一个脸色苍白的瘦削女人正侧着脸，悄然伫立昏暗而朦胧的灯光下，孤影伶仃的模样。

"请问你有何事？"

"是。恕我冒昧，可否让我先进屋？"女子细声问道。

一个陌生女子半夜说要进屋，阿德本觉得可疑，但她已年过三十，对方又只是一个弱女子，她便认为没什么可怕的，疏忽大意让人进了门。女子回头看看身后，同时轻轻关紧了大门。女子先是垂头不语，阿德窥伺着她的脸色，想看看她葫芦里到底卖的什么药。过了一会儿，女子低声说道：

"深夜叨扰的同时又突然说这些，或许很奇怪。其实我就住在附近，昨晚做了个不可思议的梦。"

"哦……"阿德疑惑不已，愈发盯着对方看。对方莫名其妙的话让她有些糊涂。

"我梦见一名男子——是个身披紫衣，头戴发冠的斯文男子——他来到我枕边，说他的死期就在这两日，求我救他一命。我问他究竟是谁，家住何处。他说自己在无量寺门前开草履铺的藤吉家中，只要我来，便可知晓一切。话音刚落，我就醒了。毕竟只是个梦，我本也没怎么在意，可到了晚上仔细一想，还是觉得挂心，这才心一横在这般时辰上门叨扰……"

对方越说越离奇，阿德只是一声不吭地听着。只听女子歇了口气又说：

"其实，若只是梦，我也不至于如此挂意，只是我今早起床一看，枕边竟落着一枚好似鱼鳞的东西……还闪着金色带紫的光芒。"

阿德突然脸色一变，下意识往厨房看去。那边传来仿佛大鱼跃水的声响。女客当下也竖起了耳朵。

"啊，里头好像有什么东西在跳……"

阿德依旧沉默。

"关于我方才说的，您心里可有头绪？"女子缓缓问道。

"没有……"阿德含混答道，声线有些颤抖。

"完全没头绪？"

厨房又传来鱼儿跳跃的声音。女子抻着脖子往声音传来的方向张望，再度开口，声音也有些颤抖。

"求求您，若有头绪，恳请您告诉我……"

那恳求的声音里似还蕴含着一丝怨恨，阿德不禁寒毛直竖。方才听了女客的描述，阿德内心并非毫无线索。其实，丈夫藤吉前阵子违反禁令，偷偷去江户川的轰轰桥一带夜钓紫鲤。实际上，昨晚他就钓上来一尾大鲤鱼。尝到甜头之后，他今晚又带着钓具出了门。昨晚的鲤鱼则养在盆里藏在厨房盖板下，而女客似乎知道此事。阿德不安地猜想对方到底是何方神圣。

若女子说的都是真的，那大概是鲤鱼托梦求救。而若是假的，那她兴许是知道自家丈夫违反了杀生禁令，悄悄过来试探。不管哪种情况，阿德都不知该如何应对这可怕的女客。而且这女子一进门，厨房里原本老老实实的鲤鱼突然便闹腾起来，这着实奇怪。加之女子神色忧郁，声音中似还带着恨意，引得阿德愈发惶恐。阿德又怀疑那鲤鱼托梦的故事是瞎编的，其实是这女子与那条紫鲤有渊源，于是在昏暗的座灯下更加仔细地打量女子，发现女子的头发湿得仿佛刚从水里被捞出来一样。眼下雨已经停了，她究竟是如何弄湿的？阿德的怀疑更上一层。一想到女子或许是直接从水里出来的，素来强悍的阿德竟打了个寒战。

"请问，里头跳来跳去的东西，是什么？"女子问。

"听着像跳跃声？"阿德佯作不知，"应该是雨水滴落的声音吧？"

就在此时，厨房的鲤鱼又跳了一下，似在拆穿阿德蹩脚的借口。

"老板娘，还请您不要隐瞒。"女子恨意愈深地说，"方才也说了，我枕边落着一枚紫色鳞片。方才里头跳跃的一定是鱼。是鱼儿在跃水。这是我毕生的请求，请您让我看那鱼儿一眼。那一定是条紫鲤！"

阿德不知该如何回应，只是惴惴不安，结果女子的模样愈来愈凄厉。

"失礼了，容我去后面看一看。"

女子起身便要往里走，阿德无力阻拦，转眼却见女子坐过的垫子上阴湿一片，又是一阵毛骨悚然。

二

　　怪女人从厨房盖板下取出紫鲤。老板娘愣愣地看着紫鲤乖乖躺在女子怀中，任由她抱走。临走前，女子对阿德说：

　　"多谢您。眼下我没什么可当谢礼的东西，但往后我会暗中保护你们夫妇二人的安全。"

　　她静静地走出屋外，没有一丝足音，就此消失在了五月的黑夜中。目送她离去后，阿德舒了口气。她有些怀疑自己做了场梦，但逐渐冷静下来后一想，总觉得那怪女人是从江户川水底爬上来的。她若是普通人，即便有紫鲤托梦，也不会直接白拿别人家的鱼，而应当留下一笔适当的金额作补偿。可她却说自己眼下没有可以当谢礼的东西，也说了自己会暗中保护夫妇俩的安全。这并不是一般人会说的话。阿德猜测，那女子可能是幽灵。接着，因害怕女子折返，阿德拴紧了家门。

"话说回来，还好乖乖把鲤鱼给了她。若是忤逆她，指不定要遭什么报复呢。"

无视禁令钓鱼已是罪责难逃，阿德原本就终日惶惶不安，今晚又遭那怪女人突袭，她愈发胆战心惊，决心等丈夫回来就将今晚之事说给他听，必须说服他往后不再去夜钓。她心里这么想着，再度回到长火盆前，甫一坐下，便听见外头断断续续传来雨水自屋檐落下的声音。雨又下起来了？阿德侧耳倾听，发现雨声似乎越来越大，并且今晚听起来尤为凄冷，让人总觉得身上褪色单衣的领口有些发凉。莫不是染了风寒？阿德心中疑惑，正缩着肩膀发抖时，外头又传来轻轻的敲门声。她猜应该是丈夫回来了，但又害怕是方才的女客，于是迟疑着没有立刻起身。这时外头传来不耐烦的低唤声：

"喂，你睡着了？"

听出是丈夫的声音，阿德顿时安下心：

"是你吗？"

"嗯，是我，是我。快开门。"外头急促地小声应道。

阿德赶紧拉开门，只见头戴竹皮斗笠的藤吉全身湿透地钻了进来，手上什么都没拿。

"鱼竿……"阿德问道。

"别提了，摊上大事了！"

藤吉洗掉四肢上沾的泥巴，换掉湿淋淋的衣服，精疲力竭地在长火盆前瘫坐下来。他也不抽平素爱抽的烟，而是拉开火盆抽屉取出大茶杯，提起茶壶，倒出半温不凉的茶水，一口气喝了三杯。见他本就苍白的脸色如今铁青一片，媳妇阿德的心口又开始狂跳。

"喂，出什么事了？"

藤吉好似躲避妻子担心的目光一般，垂头叹道：

"人在做天在看，这下出大事了。"

"所以我问你出了什么事……你可真叫人着急。赶紧说清楚！"

"其实……阿为被拖进水里了！"

阿为是町中一家小纸铺的老板，虽是与草履铺八竿子打不着的生意，但他与藤吉自小一起习字，又都喜爱钓鱼，因此平素往来亲密，也经常相邀去河钓、海钓。这爱好最终将两人引向了禁忌的垂钓场，而阿德却将自家丈夫的过错高高挂起，暗自埋怨阿为不是良友。即便如此，乍一听阿为被拖进水中，阿德亦是感到惊诧不已。

"阿为兄弟被拖进水里……是河童？"

"不是河童也不是水獭，而是鱼！我也着实吓了一跳。"藤吉蹙眉低声道，"我俩和往常一样下了堤坝，一字排开钓鱼。不一会儿，他低呼一声鱼上钩了，但迟迟拉不上来。我在旁边跟他说，这鱼应该很大，小心别让它乱跳。可四周黑漆漆的，什么也看不清。但阿为还是小心操作着，一点一点将鱼拉到了手边，然后好像拿起了网兜想将鱼捞上来。这时，原本漆黑一片的水面忽然一亮，就看见有个东西跟金子似的正闪闪发光，紧接着突然传来大鱼跳跃的声响，转眼阿为就栽进了水里。我连忙想拉住他，可已经来不及了。四下那么黑，这阵子又下雨，水涨了不少，当真是没法子。我也不知该怎么办，想着他被水冲走时或许能设法游到岸边，所以就沿着黑黢黢的堤坝下寻找，一路走到了轰轰桥的水坝上，结果只听见黑暗中传来轰隆隆的水声，没见到阿为爬上来的迹象。阿为虽说会点水，但水流到底太湍急，想必他没能爬上来。"

"你怎么不喊他……"阿德插嘴道。

"不能喊。"藤吉摇头道，"若是其他地方，我不仅喊他，还要大声把附近人都喊过来，兴许还能找其他法子救他。可那地方不行啊！我若贸然喊了，自己的小命都难保！事已至此也没别的法子，只能说阿为运气不好，我就死心回来了，只是心里真不是滋味。唉，糟心，糟心哪！"

"唉，确实糟心。"阿德也叹了口气，"所以我才叫你们别去，你们非不听，硬要去，结果落得这步田地。其实，不仅阿为兄弟，家里也遇上糟心事了。"

"什么事？"藤吉不安起来，慌忙地问道，"总不会是阿为来了吧？"

"他怎么来？是有个怪女人跑来了。"

听媳妇说完怪女人抱走鲤鱼的事，藤吉脸色愈发难看。

"这确实奇怪。那女的到底是谁？"

"你说，会不会是从河里爬上来的？"阿德凑过去悄声道。

"嗯。我也这么想。我昨晚钓上来的是雄鲤鱼，会不会是雌鲤鱼来要回去了？"

"还好还回去了，可心里还是发怵。"

"当真怪了。"

藤吉忽然回头看向外面。

"外头阿为遇上了那样的事，家里又有个怪女人不请自来。怎么想都是鲤鱼缠上我们了。坏事当真干不得啊。我……我……我长记性了，再不去钓鱼了！"

"话说回来，越前屋那边怎么办？总不能装作什么都不知道吧？"

"我也在想这件事。毕竟他媳妇知道阿为是和我一起出的门。"

"所以我才说不能装不知道。你现在赶紧过去知会一声。"

"现在去？"藤吉再度皱起眉头。

"总不能放着不管吧？虽然这么晚了，可越前屋就在边上，你还是赶快去一趟。"

在媳妇赶人一般的急切催促下，藤吉不情不愿地走了。

三

"那人到底在搞什么？"

过了两个多时辰，丈夫藤吉还没回来，阿德又开始担心。当时的两个时辰相当于现在的四个小时。藤吉出门时是四刻刚过。一炷香前，市谷八幡宫的报时钟敲过夜间八刻（凌晨二时）的钟声，藤吉直到现在还没回来。虽然猜测丈夫许是在越前屋老板娘的请求下去找阿为的尸体了，可阿德受接连而起的怪事惊吓，心里总是没着落，最终还是顶着深夜越下越大的雨去了越前屋。

越前屋距离自家草履铺不到半町，阿德很快来到铺子前，发现大门紧闭，四周静悄悄的。平时如此自然很正常，可今夜如此寂静无声，反倒让阿德觉得怪异。不管怎样，她先抬手轻轻叩门，里头却没有回应。心焦之下，她又用力敲了几下。不一会儿，学徒寅次揉着惺忪的睡眼出来应门。

"我家那口子有没有来过？"阿德迫不及待地问道。

"没有。"

"没来过？"

"这三更半夜的，藤老板怎么会来？"寅次有些气愤地嘟囔道。

"那你们老板娘……"阿德又问。

"在里头睡觉呢。"

"那你家老板……"

"老板也睡着呢。"

阿德大吃一惊。钓鲤不成反被冲走的阿为竟平安无事地睡在家里，这令阿德错愕不已。她又问一遍阿为是否真在睡觉，寅次回说确实在睡。阿德又问寅次，阿为昨晚去过哪里，几时回来的。寅次则回答老板五刻（晚上八时）前后出门，好像是四刻过后不久回来的，又说自己四刻就闭店睡觉了，不是很清楚。到了这一步，阿德依旧没有打消怀疑，又请求寅次叫醒老板夫妇。寅次不情不愿地去了里面，不久带着老板娘阿新出来了。

"呀，阿德嫂，这么晚了，有什么事？难道阿藤兄弟突然病了？"阿新疑惑道。

"其实他说要过来一趟，两个时辰前就出门了，到现在还没回家，我就过来看看到底怎么回事。"阿德坦陈道。

"阿藤兄弟……"阿新蹙眉道，"今晚没见过呀？"

"哎，是吗？"

阿德一头雾水地呆立在原地，甚至有些怀疑这一晚上的事都是做梦，抑或是被八幡森林[1]的狐狸骗了。

"阿为兄弟当真在家？"

阿德再度确认道。阿新明确回答在家。此外再问不出什么，阿德虽不情愿，却也只能徒劳而返。

"阿藤兄弟风流，兴许嘴上说来我家，实则跑去别处过夜了呢？"阿新笑道。

---

[1] 八幡森林：八幡神宫周边的森林，日本人一般认为神社周围的森林有灵力。

如此情境之下竟遭比自己年轻的女子调侃，阿德虽有些不悦，但眼下不是计较这些的时候，便将那句话当耳旁风，匆匆回去了。话虽如此，丈夫究竟去了哪儿？兴许他已在自己外出时回家了。这么想着，阿德心急地进屋，却发现屋里座灯依旧熄着，藤吉还没回来。

本该死了的阿为还活着，本该活着的丈夫却下落不明。阿为或许是游上岸捡了条命，可阿德怎么也想不通丈夫为何失踪。难道真如阿新所说，他是随便诌了个借口偷跑去哪个情妇那儿厮混了？阿德在半信半疑之间度过了当夜。

拂晓时分，雨又停了一阵。虽说是梅雨时节，夏季的天色早早就放亮了。一晚没怎么睡的阿德一大早便开店等待丈夫归来，可藤吉依旧没有出现。正当她想再去一趟越前屋，跟老板阿为详细打听一下时，一个令阿德大吃一惊的可怕消息传来：藤吉的尸体漂浮在了江户川轰轰桥下。被自己赶着前往越前屋的丈夫藤吉，为何会再度去往江户川方向，并在那儿溺水而亡？难道昨晚死的不是阿为，而是藤吉？那昨晚回家的，莫非是藤吉的鬼魂？阿德完全理不清究竟发生了何事。

不管怎样，此事不能置之不理，阿德正打算去确认一下真伪，听到风声的房东也出来了。在房东和邻居的陪同下，阿德提着一颗心赶到江户川堤一看，尸体已经捞上来了——那盖着草席躺在河岸柳树下溺毙的男子的确是藤吉。与阿德一起赶来的众人见状大感惊骇，阿德更是失声痛哭。

尸体经过查验后，便让阿德带了回去。但由于案发现场是官家渔场，审讯极为严厉。由于藤吉的尸体没有半点伤痕，办案差役怀疑他是主动投河自尽。可即便是自杀也须详查缘由，藤吉的妻子阿德便遭受了严格的审问。阿德最初含糊其词，最后实在无法自圆其说，只好将昨晚发生的一应事件逐一供出。如此，草履铺藤吉与越前屋老板去官家渔场夜钓，他们外出期间有一怪女子来访，藤吉归家后不久又去了越前屋等便全部东窗事发。

越前屋老板立即被抓去审问。他叫为次郎，今年三十五岁。妻子阿新今年二十七，学徒寅次十五。越前屋只有这对夫妇和小学徒三人同居，但因还有父母留下的租屋三栋，故而铺子虽小，日子并不拮据。他的人际交往普普通通，邻里评价也不坏。面对差役们的审讯，为次郎辩称，自己以前的确与草履铺的藤吉相邀去过河钓、海钓，但从未曾与藤吉前往江户川等官家渔场夜钓。如此，他的话便与阿德的供述有了出入。在差役的再三追问之下，他坚称自己从未去过，说昨晚神田一家叫上州屋的同行治丧，自己便是吊唁去了，在那儿待到四刻才回家。谨慎起见，差役们前去神田上州屋核实，发现为次郎果然是在傍晚前去吊唁，将近四刻才走。

这下连差役们也摸不着头脑了。虽然阿德对丈夫所言确信不疑，坚称阿为也是夜钓同伙，可实际上，她从未亲眼见过两人一同出门。她说自己曾听丈夫说过，因是犯法的勾当，两人向来是各自偷偷出门，再到轰轰桥旁会合。如此看来，藤吉也可能是出于某种缘由欺骗妻子，实则只身一人去了夜钓。既然如此，他为何要编造越前屋老板钓鲤不成反而落水的谎言？他自己又为何投水自杀呢？此外，那个怪女人究竟是谁？她与藤吉之间又是否有某种关系？差役们实在难下判断。

"如何，半七？事情大致就是如此。照眼下的状况，这戏可没法落幕呀。你想想法子，辛苦将它演到圆满散场吧。"八丁堀同心村田良助叫来半七说道。

"遵命。我一定设法破案。不过，寺社奉行所那边不要紧吧？"

寺院门前的土地属寺社奉行所管辖，不由町奉行所控制，捕吏不能随意搜查，半七这才多言这一句。良助颔首道：

"就是寺社奉行所找我们办事，所以没问题。你随意进去搜查，将事情解决了就是。"

四

"好了，接下来若再按顺序讲下去就太长了。也不好总让听众心焦，虽有些虎头蛇尾，但我还是从结论开始揭晓吧。"半七老人说，"五日之后，事情就解决了。"

"哦？怎么解决的？"我热情地问，"那个神秘的怪女人究竟是谁？"

"如今应当不会有人以为是雌鲤化作女人来夺回自己的雄鲤，但往昔的人都这么认为。"老人又笑道，"其实这个'妖鬼故事'的女主人公原本是艺名为西川伊登次的舞蹈师傅，后来成为一位名为高山的银座官差养的外室，在牛迁赤城下一栋豪华房子里过着奢侈的生活。所谓银座官差，毋庸赘言，就是在银座当差的差役，因在管理通货银子的官署里做事，大抵油水丰厚，这类差役全都过着奢靡生活。伊登次是高山的宠妾，后来就改回了本名阿系，她住的地方外头看着低调，其实里头豪华得吓人。老爷高山每两三日来一趟，有时还会带上同僚或御用商人。事发当晚，高山也带了五名同僚来，自傍晚便在阿系家的里屋饮酒，聊到了许多美食，便有人说很想尝一次江户川的紫鲤。另一人接茬儿说其实紫鲤和普通的黑鲤也没什么区别。几个人越聊越热乎，高山也说出'凡事都要试试才知道，我也想吃一次紫鲤'。此时，在一旁斟酒的阿系不知想到何事，竟说：'若几位老爷那么想吃，我现在便可去取来。'众人一听惊讶不已，说不愧是高山老爷看上的人，还半真半假地嚷嚷说，若阿系姑娘真能弄到紫鲤，他们也想跟着沾沾光。阿系一听，说了一句'请各位稍候'便起身出去了。几名差役已然喝醉，也没怎么在意阿系，结果过了好一阵子她都没回来。众人便问婢女阿系怎么了，婢女回说方才出了门还未归来。众人闻言又你一言我一语地笑闹说'莫非真去取紫鲤了'，'不可能吧'。谁知过了一会儿，阿系嘴里说着'让各位久等了'，手上捧着个大盘子，上面摆着条鱼身一尺有余的大鲤鱼，还活着，鱼鳞也在烛光中呈现紫色。众人错愕不已。高山心情大好，说这果然是阿糸才有的本事，说着摆出阵屋盛纲的架势[1]，高举折扇赞道：'来呀诸君，一起称赞阿糸，我高山也不吝赞词。'其他人见状也都来了劲，顺势学着他打开折扇笑闹着'了不起，了不起'。唉，实在可笑，往昔这样的人可是数不胜数。连治理天下的官差都成了这样，江户时代也着实是到头了。"

"这么说，是那个叫阿糸的女人化身妖鬼去的草履铺？可她怎么知道鲤鱼的事？"

---

[1] 阵屋盛纲：净琉璃《近江源氏先阵馆》第八段的通称，以大阪之阵时真田信幸、幸村两兄弟无奈反目的故事为基础，将舞台搬至镰仓时代创作而成。佐佐木盛纲被主君北条时政要求辨认弟弟高纲首级真伪，盛纲看出首级是假的。高纲的儿子小四郎为让时政相信首级为真，不惜扑至首级前大呼"父亲"并切腹。盛纲望着濒死的小四郎，感怀于他的孝顺之举，决定配合他救下高纲，对时政谎称首级是真。时政高兴地离开后，盛纲称赞高纲与小四郎的才智，赞扬小四郎的勇武。此时盛纲有个高举打开的折扇称赞小四郎的经典亮相动作。

我想这并非我一个人会有的疑问。半七老人赞同地点点头，又缓缓说道：

　　"她会知道很正常。你听我慢慢说来。一开始查案时，我便断定此事与鱼铺有牵扯。虽不知草履铺老板有多喜欢鲤鱼，但他钓来的鱼一定不只自己吃，还会卖出去。既然如此，他就需要和某家鱼铺联手。于是我进一步审问他媳妇阿德，果然得知他们经由附近一家叫川春的外送饭馆将鱼卖到别处。川春生意做得大，与许多旗本和大商家有来往。方才也说过，那时有众多中饱私囊作风奢靡之人，那些奢侈的退休旗本老爷和大商人会找川春的宇三郎弄来官家渔场的紫鲤享用。鱼的味道其实没多大不同，但奢侈之处就在这里，乐趣在于品尝被列为禁忌的东西。宇三郎利用这一点，大发横财。但他到底是开食铺的，若自己贸然去钓鱼撒网，恐怕立马就会被盯上，所以他才笼络了平日熟识的藤吉，让他偷偷去钓。

　　"借由阿德的供述弄清了这些事，只是还不知道来拿鲤鱼的女子到底是谁。我继续追查，发现这外送饭馆里有个叫富藏的年轻厨子长得俊俏，还和高山的小妾阿糸有苟且。阿糸还是舞蹈师傅时，富藏便与她相熟，后来也一直在偷偷幽会。得知此事后，我立刻吩咐小卒松吉，在富藏去附近澡堂泡晨浴的途中把他抓了回来。因为有阿德的口供，我本可以立即逮捕宇三郎，但这老头不是个善茬儿，若贸然将他抓来，他却抵死不认，事情就麻烦了。所以我想先抓了厨子富藏，再从他口中获得铁证。富藏这人，骨头软得出人意表，我稍微一吓唬，他就全招了，甚至还招了些我们不知道的，那便是阿糸那事。

"要问阿糸如何得知草履铺有鲤鱼，其实就是从富藏口中知道的。案发前一天晚上，阿糸在附近女梳发师家二楼与富藏幽会。闲聊之中，富藏说出草履铺的藤吉悄悄倒卖江户川紫鲤一事。不仅如此，藤吉还得寸进尺，说钓紫鲤毕竟犯法，不能再按以往两分金一尾鱼的价格卖，往后要涨价到一两一尾。宇三郎不答应，今天还和藤吉起了争执，最后藤吉没卖钓来的那一尾鱼就回去了。富藏说了此事，阿糸便知道草履铺家中有一尾紫鲤了，只不过那时她也只是随便听听。第二天晚上，她伺候的老爷高山带着同僚前来，如方才所说那般提到了紫鲤。阿糸忽然想起富藏昨晚的话，想趁机露一手，便打包票说自己能立刻取来紫鲤。她原本计划让情夫富藏去向藤吉买鱼，但不巧富藏不在川春铺里。然而，阿糸已夸下海口，总也不能空手而归。话虽如此，自己突然造访那素不相识的草履铺说要买紫鲤，对方应该不会轻易答应。冥思苦想之下，她便想出了之前那出扮妖怪的戏码。她用附近井水之类浇湿头发和衣服，前往草履铺，正好遇上老板出门。阿糸是舞蹈师傅，想必精于拿捏姿态举止和使用假声。她做出一副恐怖姿态，煞有介事地讨要紫鲤，最后顺利将紫鲤骗走。这若是演戏，那一幕兴许能赢得满堂喝彩。"

"我明白了，这个叫阿糸的女人看来演技高超。那藤吉又是怎么回事？"我追问道。

"话说到这儿，你应该大致猜到了吧？案子查到这里，已经十分明晰了。"老人露出一副"难道你还不明白"的表情望着我，吸了口烟歇歇气。

"我盯着富藏的脸，劈脸喝道：'哼，你脖子和手背上的抓痕是怎么回事？总不会是和那小妾情妇打情骂俏弄的吧？你们到底把藤吉怎么了？'那混账一听，顿时面色苍白地缩成了一团。

"川春老板宇三郎，那可是个厉害角色，凭一己之力从一介挑担鱼贩一路打拼成为大商铺的老板，虽然当时已年近六十，但身体健壮，脾气也硬。就算被藤吉捏着把柄涨价，但他压根儿不怕，反而指着藤吉的鼻子好好说了他一顿。藤吉气不过，临走前放了一大堆狠话，说什么只要他去外头说一句宇三郎借贩卖禁捕的紫鲤赚得盆满钵满，宇三郎家怕是要门前草长三尺高云云。宇三郎完全不为所动。藤吉若敢说漏嘴，别说宇三郎，首当其冲的可是藤吉自己。因此，藤吉虽有一肚子火，却也只能往肚里咽。其实他若能忍下这口气便无事，可惜他也急需钱财，理由之后再讲。那晚他借口出门夜钓，实则打算再次找宇三郎交涉，快到川春店门时，正好见厨子富藏站在大街上，便将他带到阴暗处，说昨晚争执是他不好，希望富藏能帮他去向老板说说好话，把鱼价定在一两一尾。富藏不答应，说自己有要事去别处，甩袖作势要走，藤吉拉住了他。两人爆发争执，性急的富藏打了对方一巴掌。藤吉顿时暴怒，一把揪住富藏的衣领。许是这动作不慎狠狠勒到了富藏的脖子，他直接瘫软倒地。藤吉见状大骇，连忙逃走。

"藤吉其实不坏，本性是个老实人，所以认为即便不是故意，但既杀了人，自己便是凶徒。他恐惧不已，神志半失地到处疯逃，直至深夜才偷偷潜回家。他心中莫名内疚，便对媳妇诌了越前屋阿为被河水冲走之类的荒唐话。要问他为何撒那样的谎，大概如方才所说，他于心不安吧。罪犯真的很奇妙，用与己无关的口吻将自己做的恶事一说，有时心里便会轻松一些。藤吉也是其中之一。想必当时若不说些什么，他心里就不会舒坦。结果妻子竟将他的话当了真，要他赶快去知会越前屋。事已至此，他又不能说自己在撒谎，只好出了门，可又不能真的依言去越前屋。于是，为了打探后续情况，他去了川春铺子前，从门缝中偷窥里面的情况。当然，这一切已死无对证，但根据案发前后情形推测，此事只能如此判断。

"富藏一度气绝。川春的伙计发现他后便将他抬进屋内，喂他喝水喝药。富藏很快醒来，平安无事。藤吉见状也安了心。然而祸不单行，正当他一心往里张望时，好巧不巧撞上了回家的川春老板宇三郎。原来附近某处二楼开了场子玩牌赌博，聚集了一帮颇有身家的老爷。这种聚会称为'内会'。宇三郎也去了内会，玩到半夜回家，发现前门有个鬼鬼祟祟的家伙在偷窥。他照着灯笼仔细一瞧，发现是藤吉，便嚷着'好你个家伙，这回莫非是来杀我的'，同时揪着藤吉的衣领将他扯进了铺内。藤吉慌忙想逃，宇三郎紧追不舍。你也知道，川春是外送饭馆，铺里有专供涮洗的地方，那里有一口自家用的大井。那井与普通水井不同，井沿较矮。藤吉逃窜时不慎在井边滑了脚，最后竟倒栽葱掉进了水里。动静吵醒了铺里人，众人赶紧将藤吉捞上来，但他已经没气了，也没能像富藏那样醒来。可若贸然叫大夫，善后就麻烦了。宇三郎封了众人的口，趁着夜深将藤吉的死尸运出去，悄悄抛进了江户川中。死尸被装进送膳用的大方竹筐里，由富藏和两个外送工抬出去。"

"这么说，此事与纸铺老板完全无关？"

"他什么都不知道。虽然他与藤吉平素是钓友，但确实与紫鲤一事毫无牵扯。你兴许也知道，赤城下往昔便有许多暗娼，至今还留有一些残迹，如许多形迹可疑的茶馆。藤吉迷上了那里的娼妓，因此挥金如土。他去官家渔场夜钓，说到底也是为了狎妓钱。他在媳妇面前每晚装模作样地去夜钓，实则三次里有两次是跑去老相好那里'夜钓'了。去狎妓的晚上，他就糊弄媳妇说今晚没钓到鱼，但又想着自己一人容易遭怀疑，便编了谎话说钓友阿为也一起。纸铺老板实在倒霉，为此受了意外牵连，还被抓了一次，之后也屡次被传唤到警备所，当真遭了大罪。好在前述诸事都被查清，他也平安脱罪。川春的宇三郎被判死罪，富藏审讯期间死在牢里，两名外送工则被逐出江户。原本凭借宇三郎的供词，吃过紫鲤的人已全部查明，只是差役们无法轻易审问有身份的人，大商人大约也暗中花钱打点了吧，总之这方面全都不了了之。高山和阿糸虽然都安然无恙，但此次案件令阿糸与富藏的私情败露，她遭老爷抛弃，之后也不知去了哪里。"

07

三个声音

一

　　元治元年（1864）三月二十一日拂晓，芝田町的修补匠庄五郎离开家门，前去参拜川崎除厄大师[1]。他打算当日返回，便在七刻（凌晨四时）左右起床整装，迎着春日微亮的晨曦出发。

　　庄五郎家中有三人同住，除媳妇阿国外还有学徒次八。既然老板走了，今日的生意也便相当于歇了。眼下才七刻刚过，外头还很黑。直接起床为时尚早，加之想趁丈夫不在睡个舒坦觉，媳妇阿国等庄五郎穿上草鞋送他出门后，便又关了门。老板娘睡在六叠起居间，学徒则睡在厨房边的三叠间，两

[1] 川崎除厄大师：真言宗智山派大本山金刚山乘院平间寺，通称川崎大师，位于今神奈川县川崎市川崎区大师町，关东三大师之一。"大师"指的是真言宗祖师弘法大师（空海），通称"大师"的寺院便是祭祀弘法大师的真言宗寺院。

人再度钻入各自衾被，在温暖的春日清晨贪得一晌好眠。过了一会儿，有人轻轻敲门。

"庄哥，庄哥！"

被人扰了清梦，阿国缩在被窝里模糊应道：

"我家那口子已经出门了！"

外头再无人声。来者似惹得町中狗儿生疑狂吠。待犬吠渐歇，门外再次陷入一片沉寂。阿国又睡了过去，不知过了多久，外头又有敲门声传来。

"喂，喂！"

这回阿国没有睁眼。待敲门声响了两三回，学徒次八这才醒来，在被褥中半梦半醒地迷糊问道：

"哪位？"

"我，是我。阿平有没有来过？"

次八听出是师傅庄五郎的声音，立即回答：

"平叔没来过。"

外头似小声应了句"是吗"便再无声响。贪睡的次八自然又往梦乡里去，谁知刚一睡着，外头又响起了敲门声。这回敲得略重，阿国和次八同时醒了。

"嫂子，嫂子？"外头喊道。

"谁啊……是阿藤吗？"阿国问道。

"庄哥呢？"

"方才已经出门了。"

"咦？"

"你们没遇上？"

"若他方才就出门了，照理应该能遇上啊……"外头似也纳闷。

"你们不是约好在大木门见？"阿国说。

"就是没见着。奇了怪了。"

"遇上阿平了吗？"

"也没见到阿平。那小子也不知怎么了。"

也不能一直躺着问答，阿国便穿着寝衣起身应门。她是个二十三岁的少妇，还没有孩子，所以看着比实际年轻。当前门打开，她那睡乱了衣裳的曼妙身姿出现时，大街上天已微亮，晨光照耀在伫立门前的男子脸上。他是邻町门窗铺的藤次郎，双足扎着绑腿，穿着麻里草履。

"没遇上阿平，也没遇上我家那口子，他们到底怎么了？"阿国有些不安地说。

"总不会是丢下我走了吧……"藤次郎也歪头疑惑道。

修补匠庄五郎、邻町藤次郎和露月町平七三人约好今日一道去川崎大师参拜。彼此找来找去太麻烦，几个人就约好七刻半在高轮的大木门会合。这三人中，最先出发的似乎是藤次郎。他到达大木门时还不见另外两人踪影，等了他们一阵。海边天亮得快，东海道入口的往来人影越来越多，庄五郎和平七一直没有露面。藤次郎有些不解。就算是生病或出了其他岔子，两人同时爽约也不太寻常。二十一日是大师庙会，也不可能记错日子。藤次郎想着折回到两人家中问问，便先来了较近的庄五郎家敲响前门。

阿国听罢，心里愈发不安。丈夫庄五郎早已整理好行装出发了。高轮沿海只有一条直直的道，不可能迷路或走岔。而且不仅庄五郎，连平七都不见人影，这就奇怪了。丈夫出门后第一个来敲门的男子听声音应是平七，可他似乎也没去约定地点。三人都走一条直道却没碰上，着实奇怪。

"究竟怎么回事……"阿国蹙起新剃的眉毛，"总不可能丢下你，自己出发了吧？"

"我也这么想，可……"藤次郎又思索道，"你说阿平来过？"

"当时我在里头睡着，没见过面，但听着应该是阿平。"

"后面师傅也回来过一次。"次八插嘴道。

"咦？他回来过？"

阿国也是现在才知晓。

"我也没出门看，只是听师傅的声音问平叔来没来过，我说没来，他就走了。"次八解释道。

"这么看来，阿平和我家那口子是在哪儿错过了。"阿国说。

"莫不是之后又在哪儿遇上，干脆两个人结伴直接走了？"藤次郎有些不满道。

"照理他们不会这么不顾情分呀。"阿国有些过意不去地说，"阿平也好，我家那口子也好，都约好了，怎么会丢下你自己走呢……"

一直在这儿纠结也没用，以防万一，藤次郎决定再回大木门看看。他们谈话期间，附近人家也都陆续开门，阿国不好再睡回笼觉，就与次八一同开了铺子门。阿国去收拾被褥，次八则洒扫门前。这期间，阿国心中始终蒙着一层不安。且不说平七，素来守约重义的庄五郎不可能丢下约好的旅伴自行启程。阿国觉得里头定有内情。

"庄哥怎么了？"平七一脸迷茫地问。

"呀，阿平，你上哪儿去了？"阿国立刻问道，"遇上我家那口子了吗？"

"不，庄哥、藤哥都没碰上。"

"方才敲我的门，叫我那口子的是你吧？"

"嗯。"平七点头，"出门时敲了你家门，听说庄哥已经走了，我就马上去大木门了，结果没人。天迟迟不亮，狗儿一个劲乱叫，我傻愣愣站在大街上也没劲，就钻进海边空茶摊的苇帘子里，取下里头叠着的长凳坐了一会儿。可能因为今天难得起了个大早，也不知怎么的有些困，就躺在凳子上打了个盹。过了一会儿，外头热闹起来，我睁眼一瞧，天已经亮了，旁边的茶摊都准备做生意了。我吓了一跳，赶忙跑出来一看，还是不见庄哥和藤哥。我以为他们在我睡着时丢下我走了，这才过来问一问。唉，真是闹了个大乌龙。"

与藤次郎不同，他似乎已做好了被人抛下的准备。

"那误会可大了。阿藤方才还来这里寻人了呢。"

听阿国详细说过来龙去脉，平七的神情古怪得好似上了狐妖的当。这时，藤次郎又折了回来，说自己怎么也找不到庄五郎。

"我刚才以为你二人抛下我走了，心里正埋怨呢，如今见阿平在这儿，看来并非如此。庄哥总不会自己一个人走。"藤次郎也有些不解地叹了口气。

"谁说不是呢……我家那口子不可能一个人走。到底出了什么事呀！"

阿国越发不安，语带哭腔地说。

二

当天傍晚，修补匠庄五郎的尸体浮现在芝浦海面。仵作奔赴现场按例验尸，发现庄五郎的遗体上没有任何伤口，而且从他喝了大量海水的迹象中能够轻易判断他并非死后被人抛入海中。既然是去参拜川崎大师，他身上自然没带多少钱，但装了五枚一朱银和几个铜板的钱夹安然无恙地躺在他怀里，妻子阿国说并未遗失任何东西。

联系前后情况判断，三人中似乎是庄五郎最先到达约定地点，在等待其他同伴期间，要么是坐在海岸石墙上时不慎跌落海中，要么是顺着石阶来到海边，就着昏暗的海面清洗睡意犹存的脸时大意滑落水中。随后平七抵达，见同伴都还没到，便钻进空茶摊里睡着了。最后藤次郎抵达，怀疑两人丢下自己先走，便回到庄五郎家询问——办案差役们得出如此结论，毫不耽搁地将庄五郎的尸体交还给妻子阿国。由于尸体上没有伤口，又没有失窃物什，阿国也只能这么想了。

第三天八刻（下午二时）左右，庄五郎的葬礼在自家位于三田的菩提寺中举行。藤次郎素来与庄五郎交好，参加了守夜不说，这日葬礼也在庄五郎家帮忙各项事宜。平七与庄五郎是同行，又是表兄弟，自然是昼夜不停地帮衬着。

庄五郎卒年二十八，除了表弟平七之外，再没有其他近亲。阿国也只在浅草有个姑母，那姑母也来帮忙了。阿国还年轻，又没有孩子，修补工也不是一个女人能操持的活计，所以她打算将学徒次八托付给平七，等丈夫的五七忌日过后就关掉铺子，暂居浅草姑母家中。阿国容貌姣好，人也不蠢笨，邻居都说她不愁找个再嫁人家。

四月十日下着小雨的傍晚，町中路上有两个男子吵了起来。他们最初只是用油纸伞相互挥击，不久竟抛下雨伞扭打了起来。眼下还未入夜，附近人见了，有两三人跑过去劝架，发现两人竟然是平七和藤次郎。

"我是庄五郎的亲戚！他死后帮着照应他家有什么奇怪？"平七说，"倒是你，一个外人来管什么闲事！"

"我虽然是外人，但素来与庄五郎情同手足，帮他料理身后事是人情世故！照理来说，你和阿国嫂子都该谢我多方照应！"藤次郎说。

"放屁！谁要谢你！"平七又怒吼道。

看来这场争执是因阿国这个年轻寡妇而起。平七与阿国同年，都是二十三，还是个单身汉。藤次郎二十七，也是两年前刚死了媳妇，眼下鳏居在家。他们一个是亡夫的表弟，一个是亡夫的熟友，照应死者后事本是顺理成章的人情世故，可最近街坊邻里议论纷纷，说他俩对貌美遗孀的关怀有些过度了。这两人今晚也去了阿国家，回程时在大街上大打出手，争执的理由大抵可以想见，旁人也便只是适当劝说。此时，暗处忽然出来一个男人。

"喂，那边的两人，跟我走一趟。"

"去哪儿？"藤次郎问。

"跟我去一趟警备所。"

一听是警备所，两人有些吃惊，但也明白对方不是普通人，便还是乖乖跟着去了。高轮有个很吃得开的捕吏叫伊豆屋弥平，如今是他儿子接了班。眼下正是他手下的小卒妻吉带走了平七和藤次郎。

"你们一个是修补匠平七，一个是门窗铺藤次郎，没错吧？"妻吉先确认道，"这下雨天的，你俩搞得满身是泥，到底在吵些什么？"

"是。我俩都是急脾气，为着一点小事吵了起来，给您添麻烦了，真是对不住。"藤次郎毕竟年长，率先答道。

"我大抵知道你们在吵什么。喂，平七，你与修补匠庄五郎约好三月二十一日早上一起去川崎吧？"

"是……"

"听说你们和这藤次郎约好三人一起走，你是最早出门的？"

"不，我出门时去庄五郎家喊了一声，那时他已经走了。"

"胡扯！"妻吉在座灯前瞪着他道，"你是先去了大木门，再折回来去的庄五郎家吧？老实交代！"

"不，是出门时绕过去的。"

妻吉哑了声嘴。

"哎，哎！别给我找事！照直说了吧，你是不是看上了庄五郎的媳妇阿国？"

这下别说平七，连藤次郎都一同垂下了头。两人都流出了冷汗。

"我可是知道的。"妻吉继续说，"今年正月，你和町中澡堂的掌柜议论阿国，还说什么'若她没有丈夫就好了'，是不是真的？"

平七似是心虚，依旧垂头站着不吭声。妻吉得意扬扬地笑了。

"罢了，后面就让头儿和官差老爷们来审吧。"

平七被丢进六叠木板间，绑在中央的大粗柱子上。藤次郎则暂且被放了回去，只说有事会再传唤他。

三

大约三日后，在芝地爱宕下开澡堂的熊藏来到
神田三河町半七家。熊藏是半七的小卒，这一点众
位看官应当已知晓了。

"澡堂熊，许久没见你啦。怎么，你媳妇又病
倒了？"正在吃午饭的半七说。

"哪里。是我喝多了，肚子有些难受。"熊藏挠
头道，"话说，高轮那桩事真是太可惜。其实我
也打听到了些风声，可惜如方才所说搞坏了身子，
耽搁了一会儿，人就被伊豆屋的妻吉抓走了。"

"哦，修补匠那事儿啊。我也听说了。那里到
底是伊豆屋的地盘，让他们抢了先也正常。"说着，
半七思索道，"不过，其实我也有地方想不通……
事情原委你清楚吗？"

"大致都知道。"

"听说他们怀疑露月町的修补匠平七是凶手，把他抓起来了，他招了吗？"

"据说那小子嘴硬得很，迟迟不肯招。伊豆屋和办案老爷们都认定他是凶手，已将他送去大警备所了。"

据熊藏说，平七再怎么嘴硬也洗不清罪名了。他喜欢上庄五郎的媳妇阿国，还脱口说出"若她没有丈夫就好了"这种话。这点有证人，他自己也承认。庄五郎死后，他身为表兄弟，非但事无巨细地帮着阿国料理后事，甚至不等庄五郎的五七忌日就去拜访阿国的姑母，说什么阿国往后总不能一直守寡，终归要再嫁，与其嫁给不知底细的人，还不如嫁给亲戚或同行。这么看来，他显然痴迷阿国。

当天早晨庄五郎出门后，他去敲门，目的也是隐匿罪行。大伙都觉得，他其实比庄五郎更早一步到达约定地点，再寻着机会将之后抵达的庄五郎推进了海里，接着折回庄五郎家敲门，制造此时才出门的假象。他的杀人动机无须多说，定是想弄死庄五郎好霸占他媳妇。他曾说过希望阿国没有丈夫的话，这已是确凿证据。尤其当天早晨，他没在约定地点等人，还说自己在茶摊苇帘子里睡着了，这种含糊不清的证词更加深了他的嫌疑。

原本众人并不觉得此案很严重，最初验尸只单纯以为庄五郎是自己不小心跌入海中，草草结案。可当地捕吏伊豆屋一家不肯就此放过，差遣小卒妻吉查探一遍后，查出平七爱慕阿国，甚至说出过若阿国没有丈夫这种话，并以此为线索进一步追查，最终逮捕了平七。熊藏坦言，伊豆屋着实有两下子。

半七听罢，又思索了一阵。

"原来如此，我大致明白了。平七先杀了庄五郎，再回去敲庄五郎家的门，假装自己刚刚出发……这我明白了。可是，不是说平七敲过门后，男主人庄五郎还回来问过话吗？如果平七已经把他杀了，庄五郎就不可能回来。总不会是幽灵吧？"

"我最初也这么觉得，后来一问才知事情无聊得很。"熊藏笑着说明道，"众人继续调查下去，发现那是藤次郎开的玩笑。"

"玩笑……"

"是。三人之中，门窗铺藤次郎是最后出发的。就是他半开玩笑地模仿庄五郎的声音，敲了修补铺的门。结果老板娘睡着了，是学徒应的声。若是老板娘应声，他兴许还想再开开玩笑，但学徒应声就没劲了，他就直接走了。这是他本人说的，不会有错。就因为有人开这种无聊玩笑，案子有时才会那么难查。"

"嗯。阿熊，辛苦你再将高轮那桩案子从头到尾仔细跟我说一遍。"半七说。

"您还有不明白的地方？"

熊藏虽不太乐意，但还是断断续续说起来，半七则半眯着眼默默听着。

"好，辛苦你了。我得出门办点事，今儿你先回去吧。明天可能会去一趟你家，你在家等着。"

"好，遵命！"

打发走熊藏后，半七独自坐在长火盆前。最先敲响修补铺大门呼唤"庄哥，庄哥"的是嫌犯平七的声音。随后敲门询问"阿平可曾来过"的听着像是老板庄五郎的声音，其实是藤五郎模仿的。最后敲门喊"嫂子，嫂子"的则是藤次郎的声音——这三个声音让半七有了诸多想法。

"喂，阿仙。"最终他唤来媳妇，"我要出趟门，帮我拿一下衣服。"

"你要去哪儿？"

"去一趟阿熊那儿。本约好了明天去，但既然想到了，还是早点去好。反正这阵子日头长。"

这阵子日头的确长。半七离开神田家中时已将近七刻（下午四时），初夏的蓝天还亮得很。外头传来叫卖金鱼的声音。半七来到爱宕下熊藏的澡堂，正逢澡堂忙碌的时刻。半七绕到后门悄悄呼唤熊藏，后者东张西望地出来了。

"头儿，怎么这会子就来了？"

"嗯。突然想到件事，就马上过来了。你现在就带我去田町。"

"去庄五郎家？"熊藏双眼更亮了，"头儿，您有头绪了？"

"别急，去了才知道。"

在熊藏的带领下，半七来到田町的修补铺。旁边是一家小木屐铺，两个铺子之间有一株枝繁叶茂的柳树，看着莫名有些寂寥。因打算过了五七忌日便歇业，眼下铺子虽开着门，却不做生意，学徒次八正盯着大街发呆。

"老板娘在不在？"熊藏问。

"在里头，我去叫来？"

"叫来吧。"

两人用手巾拍拍下摆，在店头坐下。里头似乎在做针线活，传来搁下剪子时发出的铃铛声响。接着，绾着发髻的年轻老板娘有些憔悴的苍白面庞出现在半七眼前。

"这位头儿来这里办公差，你答话之前可要先想清楚。"

阿国不认识熊藏，自然也不认识半七。但一听对方是来办公差的，她便老老实实地蹲坐在店头。看着有些调皮的次八也乖乖跪坐着。

"也不是什么复杂的审讯。"半七徐徐说道，"咱们开门见山，老板娘，那天早上，最先来敲门

217

的确实是平七的声音？"

"是。他虽叫了一句'庄哥，庄哥'，但的确是阿平的声音。"阿国流畅答道。

"第二次叫门声你没听到，是吧？"

"不小心睡着了……"阿国有些尴尬地说，"是次八应的声。"

"是老板的声音吗？"半七回头望着学徒问。

"我当时迷迷糊糊的不太清楚，但听着是师傅。"次八说。

"第三次是藤次郎，是吧？"

"是。那时我已醒了。"阿国回答。

"藤次郎在外头叫你'嫂子，嫂子'？"

"是。"

"听说你丈夫去世后，平次和藤次郎都非常殷勤地照应你呀？"

阿国面色微赧，不说话。

"恕我冒昧……"半七笑道，"你可有打算再嫁给其中一名男子？"

"不，亡夫五七忌日还未过，我不曾考虑此事。"

阿国低声说道。

"也是……"说着，半七突然压低声音道，"喂，站在那柳树后头的可是藤次郎？"

阿国抻着脖子觑了一眼，默默点头。眼瞅着藤次郎似要离开，半七急忙开口：

"喂，藤次郎，站住！阿熊，快去把那小子抓回来！别让他逃了！"

熊藏立刻奔出铺外，一把抓住藤次郎的手腕。没想到藤次郎竟老老实实地被拉回来了。半七定睛凝视他的脸半晌，最终抿嘴笑道：

"藤次郎，你运气可真好。哈哈，别装蒜。你想让平七替你顶罪，自己若无其事地逃脱罪责，首先老天爷就不答应。虽不知伊豆屋妻吉怎么审人，但我审起案来兴许有些粗暴。我这样讲，你心里应该有数了吧？混账东西，你招不招？"

"敢问您因何事审我？"藤次郎缓缓应道，"若是平七那事，我近来已被叫去警备所两三次，将该说的都说了……"

"伊豆屋是伊豆屋，我是我。三河町的半七有其他事要审！藤次郎，三月二十一日早晨，你为何叩响这家大门？"

"我们约好在大木门见，我到了地方却没见着人。等了半晌，庄五郎和平七都没来。我不知发生了何事，为防万一，才折回庄五郎家打听。"

"当时这家大门关着吧？"

"是，关着。所以我才敲门。"

"然后喊了'嫂子，嫂子'？"

"是。"

"瞧瞧，混账东西，"半七喝骂道，"所谓不打自招，说的就是你！"

"为何？"藤次郎不解地抬头望着对方的脸。

"还不明白？你仔细想想！你因庄五郎没有赴约而来家里寻人，却不喊他的名字。照理说，你该先喊庄五郎，若他没回应，你再喊老板娘。既然你张嘴就喊老板娘，定是知道老板不在家！"

藤次郎顿时变了脸色。他支支吾吾想说些什么，但被半七打断：

"老板被你收拾掉了，自然不可能在家，所以你才喊了老板娘！哈哈，若要人不知，除非己莫为呀！我还有话要说给你听。你说第二次叫门声是你开玩笑模仿庄五郎，但那是胡扯，其实的确是真正的庄五郎折回来了。"

"不，那是……"藤次郎慌忙想否认。

"闭嘴听着！三人之中，庄五郎最先出门。接着平七来家中找他同去。庄五郎等了许久也没见人来，便返回家中询问。当时天色尚黑，他与平七大约是在半道上错过了，而这一错过就酿成了大错。平七等累了，就在茶摊的苇帘子里睡着了。之后不知是你先到还是庄五郎先到，总之你二人碰了头……接下来的事，你应当比我更清楚。后来，你佯装无事，又来庄五郎家中……如何？我这放大镜看得可通透？明年我打算去大街上摆摊算命，你可得来捧捧场。你大概不是一开始就起了杀心，也不知道平七就睡在你眼皮子底下的苇帘子里。等人的时候，你一想这是海边，四下还很暗，也没什么行人，这才突然起了歹念吧？可怜平七那小子，说什么'若她没有丈夫就好了'的傻话，给人递了话柄，被伊豆屋抓了去。你一瞧，又是一个毒计攀上心头。你认为，若说庄五郎曾回过一次家，官府追查可能更麻烦，便随口扯了个谎言，说是自己模仿庄五郎的声音，想尽快了结此案，让无辜的平七当替罪羊，没错吧？哈哈，真是个坏胚，净耍滑头。不过仔细一想，或许反而该说你老实。明明假装不知情就可以蒙混过去，你非要画蛇添足。你难道不知道这样反会让自己惹上嫌疑？好了，好心和尚给你带了这么久的路，你也该死心认命了，如何？"

藤次郎跟蛤蟆似的跪伏在铺前泥地上一动不动。他脸色铁青，额头渗出黏腻的急汗。

"到底是个新手，不给个契机就不肯开口。"半七回头望着熊藏。

"臭小子，快说话！"

熊藏突然抽了藤次郎一个嘴巴，后者如梦初醒，大喊道：

"小的认罪。"

四月的天色向晚，蝙蝠自昏暗的柳树后掠出。藤次郎被绑上捕绳，带离了修补铺前。

关于此案，半七老人曾对我说：

"奉行所白洲的审讯也好，我们捕吏的审讯也好，最忌断断续续不紧不慢。你若不紧不慢，对方就会利用这段时间想出各种辩白，致使审讯延长。这样不行。一开始慢慢来，到了紧要关头就必须连珠炮似的针锋相对，不给对手任何喘息的时间，否则便会落于下风。正因如此，嘴巴笨的人做不了吟味与力和捕吏。与力只需动口倒还好些，捕吏却还得动手。所谓'嘴灵手也巧'，说的就是这个。

"不过，对手若是藤次郎那样的新手，查起案来倒是容易。可若遇上犯过不少事的行家，也就是如今所谓的惯犯，他们熟知我方套路，一不小心就会被钻空子，先说些'恕我冒昧''恕我直言'的废话，然后开始兜圈子找借口。若由着他们，不仅审讯会延长，案件调查也会被引入歧途，容易造成异常棘手的局面。所以，不管他们说什么都要先蛮横打断，劈脸说出自己想说的话。此中火候相当难以掌控，因此年纪轻、不够老练的同心之流去警备所审讯犯人时若遇上行家，反而容易被说蒙，搞得在一旁看着的我们暗暗捏一把汗。

"还有，我们有时会扇犯人巴掌。如今看来或许显得粗暴。惯犯胆大，眼看躲不过去就会乖乖认罪。但新手可就不一样了。这不是说他们特别嘴硬，而是容易吓得说不出话。还有，罪责轻的也就罢了，若是一不小心要掉脑袋的重罪被揭发，大多数新手都会陷入呆愣，换言之就跟醉了酒一样，什么话都说不出来。可你若任由他们发呆，事情就无法解决。这种时候就得发发善心给碗水喝，不然就是直接给一巴掌，这样他们才会回神认罪。往昔的人哪，即便做了歹事，本性也都憨厚胆小，所以查案之人需要动用这些手段。现在的人胆子都很大，想必没人会给查案者添这种麻烦了吧。"

08

『十五夜请小心』

一

我曾创作过一部名为《虚无僧 [1]》的二幕戏,并在歌舞伎剧院上演。对于虚无僧的戒律与生活,我本身虽多少调查了一番,但大多还是以从半七老人那里听到的故事为蓝本。

半七老人曾讲过一个与虚无僧和普通僧人都有关的侦探故事。首先,老人为我说明了一番押上村。

"眼下虽分为押上町、向岛押上町等许多町村,但在江户时代都叫押上村,地处柳岛和小梅之间,是个很大的村子。押上的大云寺是在江户赫赫有名

[1] 虚无僧:日本禅宗一派普化宗的僧人。头戴称为"天盖"的深笠,身着白衣,颈挂袈裟及偈箱,口吹尺八,行乞四方。幕府给予其自由行旅特权,因而中期以降,有无赖、浪人之徒假冒虚无僧横行于世。

的净土宗寺院，猿若座[1]的每代中村勘三郎的墓地都在这里。或许正因如此，这里也有市川羽左卫门[2]、濑川菊之丞[3]等名伶之墓。大云寺比邻是日莲宗的最教寺，寺中宝物数击退蒙古的曼荼罗旗[4]最为有名。不过我要说的故事并未发生在这些名寺，而是在一座叫龙涛寺的寺院里。别看它寺名如何大气，其实是一座破败的小荒寺，有段时间甚至没有驻寺僧人，你大抵可以想象。四五年前，有两位出家人来到那荒寺，住持叫全达，勤杂僧叫全真，就此定居下来。当然，寺院贫穷，也没有什么信众布

---

[1] 猿若座：歌舞伎剧院，江户三座之一，公元 1624 年由猿若勘三郎，即初代中村勘三郎于江户的中桥南地创设，此为江户歌舞伎之始。公元 1651 年迁至堺町，改称中村座。公元 1841 年由于失火被焚毁，同年 12 月天保改革而迁至浅草圣天町。至明治时期的 1884 年迁至浅草西鸟越町，改用旧称"猿若座"，却在公元 1894 年再次被焚毁，未再重建。

[2] 市川羽左卫门：歌舞伎名家称号。第七代以前屋号不详，七代至十六代为菊屋，十六代以后为橘屋。

[3] 濑川菊之丞：歌舞伎名家称号。屋号滨村屋。

[4] 曼荼罗旗：由日莲上人亲绘，镰仓幕府第七代将军惟康亲王于弘安四年（1281）击退蒙古军队时的鸿运旗。

施，全靠住持和勤杂僧外出托钵化缘苦苦支撑寺院。然而，这寺里却出了一桩奇案。"

嘉永六年（1853）七月，第十二代大将军德川家庆薨去，幕府下令自七月二十二日始，五十日内禁止一切歌舞奏乐。虽然禁令只涉及歌舞音乐，可大家都心照不宣，明白一切多人集会、游乐活动皆须回避，因而七月二十六日夜里的待月讲[1]也无人在高台或海岸边群聚了，翌月中秋夜不见赏月会等活动，江户各町亦不闻叫卖芒草的声音。

"月亮真美啊。"

押上村农家之子元八站在路旁仰头望着今晚的明月，一边独自叹道。元八今年二十一岁，听闻是个偶尔赌赌小钱的浪荡子。他今夜无法闲在家中赏

---

[1] 待月讲：日本旧时在十三夜、十五夜、十九夜、二十三夜、二十六夜等特定月龄的夜晚集会，等待月亮出现的宗教活动。后以信仰为名，行赏月饮酒作乐之实，在江户时代中期至后期颇为繁盛。信众普遍相信二十六夜的月光中会有阿弥陀佛、观音菩萨、大势至菩萨等三位尊者现身。

月，正微醺着走在田间小路上，心里盘算着该去哪里玩乐。此时，他忽然碰上了一个用浅黄色手巾蒙着脸的女人。

"请问神明神是在这附近吗？"女人问。

"神明神……你是说德住寺？"元八借着月光打量着女人的脸，问道，"去德住寺的话，要往回走。"

"我走过头了？"

"嗯，走过头了。"元八又答道，"往回走半町左右，行至大路右拐。"

"多谢大哥。"

女人颔首致谢后便转身往回走。她虽用手巾蒙住了脸，元八还是看出这是个肤色白皙的年轻女人。他在原地站了好半晌，目送女人的背影远去。

"这附近未曾见过这女子，莫非是狐狸变的？"

若真是狐狸精化形引诱人，那断没有就此离去的道理。微醺的浪荡男人想到这里，立刻起了不该有的坏心思。他踩着草履放轻脚步，小跑着追在女人后头。女人似乎没有发觉，意在隐匿踏着夜露的脚步声一般，低着头只顾往前走。今夜月色明亮，没有跟丢之虞，元八起初还保持距离远远地跟着，但随着二人离大路越来越近，他也越走越快，直至追到女人身后三四间距离时，女人终于察觉，转过身来。

元八知道她已发现自己，立刻出声说道：

"阿姊，这位阿姊。去神明神途中要穿过一片漆黑的森林，太危险了。我陪你一块去吧。"

女人稍加迟疑，元八趁机跑近，紧贴在女人身边说：

"来，我送你过去。这一带有歹人，还有恶劣狡猾的狐精，没有当地人跟着不知会出什么大事。"

元八恫吓着，不怀好意地想借此强行护送女人。女人也沉默着没有拒绝。途中，元八狎昵地与女人搭话，可女人就如哑了一般，一概不理，可见她并不欢迎这个无事献殷勤的男人，但元八仍旧纠缠不休。两人最终走出田间小路，来到了稍微宽广的大路上。右转后又走了半町左右路程，路旁便如元八先前所说，出现了一小片杂木林。

"阿姊，直接穿过这片林子近些。"

元八抓起她的手，企图将她拉进幽暗树林中。女人沉默甩开。元八返回，再度抓住女人的手。

"我说，阿姊，莫要犟着性子，只要你乖乖听我的话……"

话未说完，便有人揪住了他的后脖颈。不等元八惊愕回望，他已被重重地摔在了冰冷的泥土地上。他大为吃惊，沉着脸边起身边抬头望去，只见眼前直挺挺站着个虚无僧。除开将自己摔倒在地的男人，还有一个虚无僧站在女人身旁相护。

对手有两人，而且是虚无僧，甚至可能怀有相当的武艺，元八见状顿时泄气，再不敢与他们作对。虚无僧站在路旁，一言不发，似正透过深笠的缝隙瞪视元八。后者益发胆怯，只得拍拍身上的尘泥，垂头丧气地默默离去。

走了七八间路程后，元八悄悄回望，发现虚无僧和女人都已不见，似是走入了森林。

"他们是旅伴吗？"元八驻足想道。费心跟随那么长时间的女人被人横加抢夺，自己还被狠狠摔在了地上，元八万分不甘。当然，他无法与他们正面交锋，可要他就此乖乖走人又颇感可惜。那女人究竟是谁？与那两个虚无僧又是什么关系？元八受某种好奇心驱使，想要一探究竟，便又返身悄悄跟了上去。说是森林，其实这不过一片浅浅的树丛。待熟悉地形的元八跟着三人踏入林中时，他们已然走出了林子。

"走得真快。"

元八加快脚步穿过幽暗的林子，看见前方皎皎月光之下有两个男人和一个女人的身影，似乎正往供奉神明神的德住寺方向走去。年轻女人和虚无僧为何要在这个时辰参谒神明神？元八愈发好奇，却多少碍于明亮的月光，无法靠得太近。倘若不慎被他们发觉，自己不知又要遭什么殃。元八怀揣着此种顾虑，与他们拉开大约半町距离，遮遮掩掩地跟在后头。三人又一次掉转方向，停在了离德住寺不远的荒寺门前。

那座荒寺便是龙涛寺。

二

自第二天起，龙涛寺的住持和勤杂僧托钵出行
的身影就不见了，加之这是个没什么施主供养的寺
院，村里人都没有注意到住持与勤杂僧失踪。直至
第四日早晨，附近一个叫阿镰的阿婆前去扫墓，准
备在寺内老井汲水时，发现了骇人的一幕。

阿镰面色煞白地逃出去，告知街坊邻居。村民
很快赶来，在龙涛寺的老井内陆续发现了几具人类
死尸。直至住持全达、勤杂僧全真以及两位虚无僧
等四具尸骸暴露在秋日的阳光下时，所有人都变了
脸色。

众人急急通知官衙，村中差役大为惊愕地赶了
过来，其他村民也陆续聚集在此。一次发现四具死
尸，这种事别说在村里，在整个江户市中都罕见。
众人乱作一团，可还是照例上报官衙，验尸调查。

其中两具尸骸已经证实是住持和勤杂僧，这毋庸置疑，可那两个虚无僧是何许人也？虚无僧都持有普化宗本寺的取名印，也就证明此僧已获取竹名[1]的印鉴文牒，可这两位虚无僧却除了尺八、深草笠、袈裟等宗门佛具之外，未持有其他物品，甚至连护身短剑[2]、钱夹之类都没有，因此无从判断他们是虚无僧还是冒充者。这两人中，一个人四十岁上下，左肩外侧有道小伤痕，另一个人二十七八岁，肤色白皙，样貌周正。两人面容有些相似，有人猜测他们也许是兄弟或叔侄，但这也不过是部分人的想象。

更奇怪的是，这四人的尸骸上未有一处伤口，也没有勒痕，更没有呛水的痕迹。那么，究竟是有人杀害他们并抛尸入井，还是四人自身因某种内情

[1] 竹名：授予尺八音乐传承者的艺名。江户时代建立虚无僧制度，确立普化宗后，尺八作为普化宗的法器成为虚无僧专用乐器。因而此艺名等同于虚无僧的身份证明。

[2] 护身短剑：江户时代规定除武士外不准佩刀，但当时的虚无僧允许携带木太刀或护身短剑。

投井自尽？这谜团无人能轻易解开。

"听说这一带出了乱子……你们很伤脑筋吧？"

神田三河町的半七带着小卒松吉站在押上村堪右卫门的食肆前。堪右卫门从前在道上混，手下差遣着二十多个年轻人，但随着年龄渐长，人也愈发正派，眼下正本本分分地经营着以妻子的名义开的小食肆绿屋，日子过得如鱼得水。

满头白发的堪右卫门从账房出来，笑眯眯地招呼道：

"哟，三河町，稀客呀。先进来吧。阿松小子也一起来了？辛苦，辛苦。你们的来意，我大抵猜得出来。最近确实闹哄哄的，烦人得紧。"

这时，亲切和气的老板娘出来，将二人引上了二楼包间。

"怎么样？生意看着依旧红火。"半七笑问道。

"托你的福，铺子还没倒。眼下这五十日舞乐禁令未过，生意也和闭店差不了多少。不提了。你们是为了龙涛寺一事大老远跑来出公差的吧？那案子确实有些棘手。"堪右卫门皱眉道。

"这事虽不在我的管辖范围内，可毕竟是件大案，寺社奉行所要我过来大致瞧瞧，这不就云里雾里地赶过来了吗？本打算去名主那儿露个脸，但琢磨着还是得先来绿屋打声招呼，听听您有什么指点，于是便冒昧前来叨扰……"

半七还想再说，却被堪右卫门大手一挥制止道：

"不妥，不妥。你别想花言巧语哄骗我老头子。我堪右卫门转行正经做生意十年了，早已年老力衰，如何指点你们这些刚刚崭露头角的年轻人？不过你们难得有心过来寻我，不如趁机好好休息，我们边喝边聊，如何？"

虽早已做上了寻常生意，堪右卫门依旧是押上的堪右卫门，在这一带相当吃得开。半七给他面子率先登门，他自然也承情厚待。他嘴里谦称粗茶淡饭不合江户客人的口味，吩咐妻子和女侍们立刻摆上丰盛的酒菜。

"龙涛寺一案，你们大概知晓了吧？"堪右卫门一边斟酒，一边问道。

"知道得不多。听说有两个出家人和两个虚无僧死在了一口老井里……"半七回答。

"对，对。"松吉颔首，"眼下就知道这么多，没有其他线索。死者身上都没有伤口，按此来看，他们似乎是自行投井，可和尚与虚无僧又不可能殉情，因而街坊邻居都传是仇杀，可这也难说。"

"仇杀……"

"对方毕竟是戏曲、评书中频频登场的虚无僧，难免传出仇杀的风声，说是两个仇人打扮成出家人藏身那座荒寺，两个虚无僧前来，为报父母或兄弟之仇，与僧人光明正大地决斗，最终两败俱伤……可这说辞无法解释为何四人的尸骸均沉在了井里，更奇怪的是，为何所有尸骸上均没有任何伤口？"

"难道那寺中有钱两？"

"那可是这一带有名的穷酸寺，眼神再不济的小偷也不会蠢到去那里偷盗。就算真有人去偷，那和尚和虚无僧可都是身强力壮的男人，即便在熟睡中被人暗中偷袭，总也不可能一下子全部遇害，横尸井中吧？"

"那虚无僧是早就宿在寺里的吗？"

"眼下寺里只有住持和勤杂僧，谁也不晓得发生了何事，寺中为何来了两个虚无僧，又为何一起死了。"

"嗯……"半七搁下酒盅沉吟。松吉神情严肃地默然听着。

"关于此事，我有话要对你说。"

说着，堪右卫门使了个眼色。斟酒的女侍会意，立刻起身退下。直至听见她的脚步声消失在楼梯下方，堪右卫门才膝行一步，靠近说道：

"尸体是昨天早晨发现的，但虚无僧似乎是在四天前的十五夜住进寺里的。附近只有一人知道此事，但他害怕贸然透露会引来祸端，这才闭口不言。听他说，当时还有一个年轻女人跟着他们。"

"年轻女人……"半七和松吉下意识对望一眼。

"对，年轻女人。"堪右卫门微笑着说，"可唯独那年轻女人没死，是不是很有趣？"

确实有趣，半七心想。此番只要查出那女人的身份，定能陆续解开这乱麻般的谜局。堪右卫门说，唯一知晓这件事的那个男人，就是这个村里的元八。

"这个元八经常来我这儿玩耍，昨晚也来了，悄悄与我说其实十五夜发生了这样的事……"

三

吃了一顿几乎令人过意不去的豪华大餐，给了女侍们一些赏钱之后，半七和松吉在午后八刻（下午二时）后出了绿屋。

"绿屋的老爷子太热情，一不留神多聊了些时候，接下来可得好好干活了。"半七边走边说。

"接下来直接去龙涛寺看看？"松吉问。

"不，先去名主那儿露个脸吧，不然一旦出了什么事就不好办了。"

二人拜访名主家宅，向对方知会了一声自己受寺社奉行所差遣前来办案。两人在此又听了一遍事件经过，但并未发现其他线索。

"之后想去现场瞧瞧，可否差个人给我们带路？"

名主答应下来，差了家中一个叫友吉的长工为二人领路。此地离龙涛寺有些距离，半七在途中问了友吉许多问题。

"最先发现尸体的那个阿镰婆是个什么样的人？实诚吗？"

"虽然说不上实诚，但在这一带也没听到什么不好的风声。"友吉回答。

"听说她年轻时住在品川那边，十五六年前移居至此，经营一家小杂货铺。三年前丈夫死时，由于自家菩提寺太远，入葬麻烦，就葬在了龙涛寺，自己经常去扫墓。"

"阿婆几岁了？"

"五十七八……六十上下吧。家中没有孩子，所以丈夫死后，她一直寡居。"

"她家住何处？"

"德住寺……就是供奉神明神的那座寺庙……就在龙涛寺边上。"

"那阿婆当真没有孩子？"半七再次确认道。

"有也养在别处，终归家里没有。她自个儿说没有孩子也没有亲戚。"

半七已从堪右卫门那里得知，十五夜徘徊月下的那个女人曾问元八神明神寺庙的所在之处。半七忽然想到，会不会那个女人和阿镰婆有什么联系？就算她不是阿镰婆的亲生女儿，也有可能是亲戚之女抑或熟人之女前来拜会阿镰。半七又想，既然她需要跟人问路，可能意味着她是首次来阿镰家。左思右想之间，三人已来到龙涛寺门口。

"确实够荒的。"松吉抬头望着残破的寺门说道，"这光景，传出鬼故事也不稀奇。"

据说往昔遭雷劈断的松树依旧横在寺门前，古旧的石阶深埋在秋草之中，即便是白天也能听见虫声乱鸣。虽说寺里穷，但好赖有僧人驻寺，怎的如此荒败？半七一边想着，一边踏着杂草往前走。不一会儿，友吉指着寺院厨房前的一口井说，那便是发现尸体的老井。大片的百日红下，依稀可见爬满了潮湿苔藓的石井栏，附近杂草东倒西歪，想是因此次骚动遭了践踏。

半七和松吉都朝井中望去。日头之下，百日红的影子落入井中，让本就昏暗的井底更显幽暗。石井很大，沉入四人的尸骸绰绰有余。半七等人由友吉带领，又去寺中墓地看了一圈，发现大树下有三四个似被新挖开的地方。半七蹲下一看，正殿的侧廊之下也有同样的痕迹。

"乱挖一气。"

"是啊。"松吉也若有所思地歪头思忖。

三人进入大殿。殿内虽然狭窄，但其正面仍旧依制设置了佛坛，上面放着一套佛具，但都落满灰尘。殿堂里的大老鼠被脚步声所惊，仓皇逃走。

"多有叨扰，佛祖莫怪。"

说着，半七一一查看佛前的香炉、花瓶和其他佛具，最终低声对松吉说：

"喂，你看。落了灰的佛具上有新鲜指痕，昨晚或今早一定有人翻动过这里。"

半七敲了敲佛坛上的木鱼。

"这寺敲木鱼吗？"他问友吉。

友吉回答不知。半七又敲了敲木鱼，道：

"和尚的僧房在哪儿？"

"这边。"

友吉带头前往，半七跟上两三步后，又稍稍后
退悄声对松吉说：

"喂，阿松。那木鱼里有机关。你趁我们去僧
房时摆弄一下。"

说罢，半七留下沉默着点头的松吉追上友吉，
来到了残破的纸拉门前，纸拉门大开着，这便是住
持僧房的六叠房间。半七先打开壁橱查看，里面有
寝具和一个破旧的藤条箱。藤条箱没有上锁。

"劳驾搭把手。"

半七在友吉的帮助下拿出壁橱里的寝具，共有
一个圆枕，两个木枕，三四人份的垫背铺盖，以及
一团揉皱的老旧大蚊帐。

这时，松吉悄悄过来对半七说：

"头儿……"

半七看他的眼神，知道他有所发现，便回头对
友吉说：

"可否请你先去玄关等候？并非嫌你碍事，只
不过有时候，查案时不方便有旁人在场。"

友吉老老实实地离开了。待他走后，二人返回

大殿，松吉指着木鱼说：

"头儿眼神真好。"

"我不是眼神好，而是耳朵好，听出了那木鱼声音有些不对劲。所以呢？究竟如何？"

"您看……"松吉笑着抬起木鱼，只见下面有个底盖。

"原来如此。看来颇动了一番脑子。"半七笑道。

一般的木鱼都是空心的，而这个木鱼则另配了个底座，木鱼壳罩住底座，乍一看只是普通木鱼，可只要将东西投入木鱼口中，东西便能落在底座上，可随意取出。事实上，眼下底座里正好躺着一张小小的折叠字条。

半七打开字条一看，一排娟秀的字迹映入眼帘——"十五夜请小心"。半七一望而知，这定是一位女子的手笔。十五夜请小心——仿佛在预告十五夜的那场变故。

"不知为何要设置这么个机关。"松吉望着木鱼说，"难道是为了传递密信？"

"大概是了。我方才检查寝具时嗅到了一阵脂粉味，这里又有女人字迹的字条，总之，本案的关键在于女人。先让那带路的男人把杂货铺的阿镰叫来吧。不，那男人愣头愣脑的，不慎让对方跑了可就糟了。你也与他一道去，把那女人带来。喂，还有……"半七悄声与松吉说了几句。

"遵命。只是留您一个人待在这儿……万一出现点什么可怎么办？"

"哈哈，没事。虽说是荒寺，青天白日的，难道还能见鬼不成？顶多老鼠和蚊子罢了，还能有什么。"

"确实。那我去去就回。"

松吉从侧廊走入院子，绕到了玄关口。这时，大殿里的半七忽然听见一个陌生男人的声音。他竖耳听了一阵，忽而想起什么，便跟着出了寺门，只见门口除了松吉和带路的友吉外，还站着一个身材矮小的年轻男子。

"你是元八？"半七突然出声问道。

"是。"男人有些惶恐地回答。

"巧了，我正好想会会你呢。喂，阿松。你们别管这儿了，先去办事吧。"

打发了二人之后，半七将惶恐不安的元八带到了住持僧房。元八似乎知晓对方身份，神情不安地偷觑半七的眼色。

"你来这儿做什么？"半七先问。

元八不答。

"尾随我们来的？你是在绿屋的老爷子那里打听到了什么，跟踪我们过来了？还是来这寺里找什么东西？早听说你爱赌小钱，不至于老实到不敢在人前说话吧？赶紧回话！"

元八依旧不答。

"那此事先放一边，你老实回答我接下来的问题。"半七又道，"听绿屋的老爷子说，十五夜那晚，你在田埂上遇着个蒙着面的年轻女人。你送她去神明神那里，路上对人家动手动脚的，不料忽然窜出来两个虚无僧，把你狠狠教训了一顿。接着你尾随那三人来到这寺院……接着呢，你做了什么？"

"回去了。"元八低声答道。

"你目送他们入寺便立刻返回了？"

"回去了。"元八又答。

"直接回家了？真的回家了？"半七盯着对方的脸问，"你骗骗绿屋的老爷子还行，可骗不了我。你尾随三人到了最后，连这寺院也进了吧！隐瞒对你可没好处。老实交代！你偷听到了什么？"

"我当时直接回了家……不知道后面发生了什么。"

"你小子，区区一个流氓无赖竟如此不爽快！喂，元八，你是收了阿镰那老太婆的钱才闭了嘴吧！我再说一遍。你眼前的半七和那绿屋的老爷子可不一样。你回答前可想清楚喽！"

元八经这么一吓，登时满脸煞白。半七突然探身向前，抓住元八的手腕：

"浑小子，这手腕上套不套捕绳可就看这当口了。你说是不说?！"

半七摇了摇抓着的手腕。元八缩着脖子，益发颤抖。

"头儿您说得对，我确实尾随三人……"

"进寺里了吧。然后呢？"

"三人不经人出门相迎就进了寺。"

"和尚们在吗？"

"住持、勤杂僧都在，他们去了住持的僧房……"

"就是这个六叠间吧。"

"对。住持、勤杂僧、虚无僧和那个女人都凑在一起，在这儿喝酒。"

"你是躲在哪里偷看的？"

"我绕过院子，躲在那大芭蕉树下……结果忽然有人拉我的袖子，我大吃一惊转过头去……"

"阿镰婆吧。"半七笑道。

"阿镰一个劲扯着我出了前门，往我手里塞了一分金子，让我快走，否则会没命……我心下发怵，就急忙逃了。"

"你和阿镰关系很好？"

"说不上好。那阿婆手上有些小钱，我有时会跟她借一些。不，我不可能赖账，那老太婆催债催得可紧了……"

说着，元八抬手挥开眼前的蚊子。看来就算在如此紧要关头，元八依旧忍耐不了此处的特产——豹脚蚊。半七也对成群结队扑来的蚊子束手无策。

四

"话又说回来了，你究竟为何尾随我们来此？"半七问。

元八回答，他方才经过绿屋时，恰好见铺里的女侍送两位客人出来。元八毕竟混迹风流场多年，一下看出这两位不是普通客人，便悄悄向女侍打听，得知是三河町的半七和他手下的小卒。听闻此消息，他忽而感到不安，也无暇与铺主堪右卫门商量，立刻跟在了半七二人身后。不过他一再辩解，自己除了收过阿镰一分金子外，与本案再没有其他瓜葛。

"你后来是否见过阿镰？"半七又问。

"听闻此处井中发现了四具尸骸，我也很快跑过来看，阿镰也来了。她是第一个发现尸体的，自然受了名主大人他们诸多盘问，我心下忐忑，便一直缩在后头远远看着。那之后就没再见过阿镰了。"

"发现尸体时已是十五夜后的第四日。这期间，你当真一次也没见过阿镰？"

"没有。"

此时，松吉急急忙忙地自庭院口进来。八月的秋日依旧炎热，他一边擦着领口的汗水，一边说。

"头儿，阿镰不见了！"

"不在家里？"

"杂货铺全空了，邻居也不知她去了哪儿。我担心这边，就让那个带路人在那边守着，自己先回来一趟。接下来怎么办？"

"我也不知怎么办。"半七咂嘴说道，"常言道，蠢人常放马后炮，早知如此，就该先抓那老太婆。我让你带的东西拿来了吗？"

"我进铺子搜了搜，发现这本记着每日流水的小账本。有用吗？"松吉从怀中拿出一本粗纸账簿。

"嗯。什么都行。"

半七拿过账簿，与写着"十五夜请小心"的字条比对。松吉也爬上侧廊凑过来看。

"很像啊。"

"不是像，根本是同一人所写。看来有许多人聚到这寺里，将密信丢进那木鱼口，以此互通信息，这一点已然很清楚了。剩下这'十五夜请小心'……究竟是要谁小心呢？"

语未毕，半七似又想到了什么，再次转身问元八：

"喂，元八，你当时在那芭蕉后有没有偷听到什么？"

"他们说话声很低，我听不清。不过有一阵儿，那个叫全真的勤杂和尚曾在侧廊上赏月，说什么月色真美，诹访神社[1]的祭典要开始了云云。住持全达就笑着说，要看诹访的祭典就立刻走，还能在十月赶到。然后大家就大笑了起来。"

"诹访祭典……信州吗？"

"不，信州诹访的祭典不在十月。"半七否定，

---

[1] 诹访神社：日本全国约有 25000 座诹访神社，以位于长野县诹访湖附近的诹访大社为总本社。诹访大社的主祭神是被称为诹访大名神的建御名方神及其妃子八坂刀卖神。

"十月祭典，应该是长崎谏访[1]吧。那可是九州岛[2]最大的祭典，听说非常隆重。我好像听人说过这些，嗯，长崎……长崎……"

半七口中哐摸"长崎"二字半晌，将证物字条和流水账簿塞进怀里。

"看来一直守在这儿布网也抓不到什么大鱼了，总之先收网回一趟绿屋吧。"

"杂货铺怎么办？"松吉问。

"也不能全交给那男人守着，你也去那边耐心盯着吧，我之后也会去的。至于元八，之后或许还会传唤你，你先回家老实待着，千万不要往外跑。"

元八一听，连连向半七他们点头哈腰，逃也似的离开了。半七和松吉也跟着出去。

"那家伙怎么回事，莫名其妙傻里傻气的。"松吉小声说。

***

[1] 长崎谏访：位于今长崎县长崎市的谏访神社，通称镇西大社。每年 10 月 7 日至 9 日举行例祭。

[2] 九州岛：日本西南部岛屿，为日本本土四大岛之一，亦为日本第三大岛。

"虽说是个爱玩的，倒是好打发。这人比我想象中老实，或许能当个诱饵，眼下先不管他。"

半七中途与松吉分别，再度来到绿屋门前。

"又来打扰您啦。总不能在大路上杵到太阳下山，就来借您家屋檐下歇歇。您不必管我。"

这自然只是平常的客套，绿屋也不可能真的不管他，还是再次客客气气地将半七迎入那间二楼包间。不一会儿，堪右卫门也上来了。

"如何？你的判断……大抵心里有数了吗？"

"前路幽暗，眼睛鼻子都不好使啊。"半七笑道，"总之打算等天黑再过去一趟。"

"那就先在这儿好好休息。去荒寺'捉妖'还是得趁夜里。"堪右卫门也笑了，"不如我把元八那小子叫来？"

"已经见过他了。"

"他去寺里了？跟在你们后头……哈哈，那浑小子，定被你吓唬得不轻吧？"

"我可没吓唬他，不过取了些口供。我跟您打探一下，这一带有长崎人吗？"

"长崎人……这儿倒是没有远国来的人……不，有的，有的。有个叫阿镰的女人在附近开杂货铺……就是之前说的，最先在老井里发现尸体的那女人。具体是否长崎人我倒不清楚，但听说她是九州出身。怎么了？"

"不，没怎么，只是那个叫阿镰的好像躲起来了……不知您晓不晓得，十五夜时，元八那小子似乎在那寺里收了阿镰一分金子。"

"哦？"堪右卫门惊讶地瞪大了眼睛，"那浑小子竟瞒着我，原来还有这种事？如此看来，他更脱不了干系了，阿镰那女人也不能放过。"

"是啊。"半七吸着烟陷入沉思。

待到秋天的日头西斜，绿屋又端出了酒菜，但半七没有喝酒，只吃了晚饭。放下筷子正饮茶时，松吉一脸沮丧地回来，说阿镰还是没踪影。半七暗忖，她大抵不会再回来了。

"我大概也猜到会这样。你也在这儿吃个晚饭吧。吃完再干活。"

屋后的庄稼地里，秋季的蛙声一片。夜风染寒时分，半七和松吉做好准备出了绿屋。

"阿松，你可得精神些。今晚的怪物可是堪比狡猾的猫妖和老狐，可别被挠伤了。"半七笑着带头而去。

两人来到龙涛寺，坐在昏暗的大殿中央。此时月黑风高，这对二人来说是好也是坏。两人一声不吭地坐了大约半个时辰，蚊群从四面八方嗡嗡而来。

"蚊子也太多了。"松吉挥舞着双袖道，"没完没了。"

"这蚊子白天都已经多成那样了，晚上只能受这蚊咬之刑。"半七说，"忍一忍。今晚不止有蚊子，大抵还有妖物出没哩。"

蚊虫声中，荒寺的暗夜愈发幽深，夜鹭时不时在屋顶呼啸而过。两人耐心坐着，静待夜深，直至临近四刻（晚上十时）仍不曾出现惊动他们的妖物。松吉有些不耐地悄声说：

"头儿，妖怪还不来？"

"秋夜很长，妖物出没都在丑时三刻（凌晨

二时)。"

"秋夜确实很长，我能抽一管吗？"

"不行。不能打火。"

"夜这么黑。"

"正因为黑才不能燃火。"

恰在此时，一道闪电掠过屋檐，刹那间照亮了黑夜中的大殿。闪电是秋季常客，无甚稀奇，可却有另一件事令半七等人吃惊——两人静候的大殿前庭中竟站着一位女子。女子靠近侧廊，抻着脖子向内张望，面容被闪电照亮，煞是苍白。

虽然不知道她于何时潜入，但女子怪异的面容突然出现，令两人惊疑不定。闪电转瞬即逝，四周重归黑暗。妖物终于现身了。半七立刻起身，跳进昏暗的庭院中。

与此同时，老井那头也传来了有东西入水的声音。半七在黑暗中说道：

"阿松，你去老井旁看看。"

闪电再次亮起。一个可疑的高大人影藏在芭蕉后头，手中握着状似匕首的东西。

五

"故事就先讲到这里。"半七老人说,"如何?大抵明白了吗?"

"还不明白。"我对自己的迟钝感到羞愧,答道,"那女人自然是被抓了吧?"

"女人?一个抓住了,一个逃了。"

"有两个人?"

"一个是拿匕首的女人……那人举着刀朝我砍过来,但我毕竟是干这行的,姑且空手制服了她。另一个女人……就是悄悄溜到老井边的那个,则推开松吉逃了。没法子,四周太黑了。"

"跳井的是谁?"

"不是跳井,是抛尸。抛一个男人的尸体……"

"男人的尸体……"

"是元八的尸体。"

"元八被杀了？"

"可怜，被杀啦。"

"那两个女人究竟是谁？"我问。

"一个叫阿万，看着很年轻，实则已二十六岁。另一个就是阿镰，这人虽上了年纪，身子骨却很结实。"老人解释道，"你也大抵猜到了吧？龙涛寺这座荒寺成了歹人的藏身之所……戏曲话本里也经常写，这种荒寺嘛，总会变成山贼之流的巢穴。这座寺院也在无僧驻寺期间被歹人占了窝，可这寺一直空着，保不齐什么时候便会来僧人驻寺，还不如自己先将它占领，于是全真与全达便假扮住持和勤杂僧住了进去。他俩以前是乡下的和尚，诵经和敲木鱼的方法还是知道的。但两人其实都是骗子，为了蒙骗世人才煞有介事地敲钲托钵，在附近穿梭化缘。"

"这么说来，那两个虚无僧也是假冒的？"

"自然是假冒的，若用戏曲打比方，大约是

《忠臣藏》里的本藏[1] 或者《毛谷村》[2] 里的阿园[3]
吧。你也知道，僧人和虚无僧受寺社奉行所管辖，
町奉行所无法轻易出手。他们大概就是看中这点才
各随己意冒用了僧众身份。据说他们组成团伙四处
洗劫大商家或旗本宅邸，犯了不少事。就在此事发
生的大约一个月前，向两国一家当铺遭两个歹人洗
劫。当晚天气闷热，其中一个歹人扯下面的手巾
擦汗，铺中人愕然发现他竟是个光头。我也听说过

---

[1] 本藏:《假名手本忠臣藏》中的登场人物加古川本
藏。其因在盐冶判官高定和高武藏守师直的冲突中阻止高定
砍杀师直，间接导致高定切腹自裁，受众人指责而化身虚无
僧。后因后悔当初阻止盐冶判官高定致其全家被灭，故意被
高定旧臣所杀，以此将师直家宅的平面图交给高定旧臣。

[2]《毛谷村》：净琉璃义太夫节《彦山权现誓助剑》。
以毛谷村六助的复仇传说为题材，讲述住在英彦山麓毛古村
的六助帮助阿园为其父亲与妹妹复仇的故事。梅野下风、近
松保藏合作。公元 1786 年在大阪竹本座初次上演。

[3] 阿园:《彦山权现誓助剑》里的女主角，因其父吉
冈一味斋为京极内匠所杀，与母亲、妹妹一同踏上复仇之旅。
身为女子却武艺高强。复仇途中妹妹亦被京极内匠所杀，阿
园则化身虚无僧来到毛古村，与六助相遇并结为夫妻，最后
与母亲、六助一起踏上复仇之旅。

此事，那段时间一直在追查光头歹人，因此一下就想到龙涛寺的那两个和尚会不会是他们的同伙。

"再说旧井中的尸体，两个出家人和两个虚无僧一起投井未免太过反常。再者尸体没有呛水的痕迹，故而大概并非自尽。可若是有人杀了他们并投入井中，尸首上必然留有伤痕。即便是毒杀，也该留下一些痕迹，验尸的差役们应当能够知晓。我早先听大夫说，能不留痕迹杀害他人的只有催眠药。所谓催眠药其实就是吗啡。虽不知今日如何，但江户时代的验尸手段是验不出催眠药致死的。然而在那个时代，催眠药并不容易得到。我起初便怀疑那四人是被人喂下催眠药并抛入井中，如此必须查清药的来历。这时，我从元八口中得知了一件事。方才说过，勤杂僧提到了诹访神社的祭典。我意识到他说的并非信州的诹访大社，而是长崎的诹访神社。如此，这伙人中必有与长崎有关之人。在长崎，异国商船往来不断，因此可以弄到吗啡这种催眠药。于是我就去问绿屋的老爷子，得知开杂货铺的阿镰出身九州，如此总算查出了他们与长崎有关。"

"那个阿镰是什么人？"我也被挑起了兴趣，问道。

"阿镰果真是长崎人。她去世的丈夫叫德之助，两人大约在二十年前离乡，大抵攀了什么关系，最初在江户的品川脱下长途跋涉的草鞋，之后辗转到山手一带，最后定居押上村，平安无事地过了十五六年。虽不知他们为何远离故土来到江户，但约莫是犯了什么事。说到这里，你大抵能够想象了吧？那个怀念长崎祭典的勤杂僧全真其实是阿镰夫妇的亲戚，真实身份是阿镰的外甥。全真幼时曾被送到长崎一座小寺庙里做沙弥，大约也是因为做了坏事，他在五六年前离乡投靠姨母阿镰，中途于东海道的三岛宿场遇见全达，两人结伴来到江户。二人在途中干了什么不得而知，但在到达江户时，两人都已相当坏了。他们之所以盘踞在荒寺龙涛寺，大约也是阿镰出的主意。此间阿镰的丈夫德之助去世，遗骨埋在龙涛寺，阿镰便开始假托扫墓之名频繁出入寺内。就这样，阿镰明知两人做下的歹事，竟还帮着甄别偷来的赃物，销赃给黑市或专门买卖死者衣服的小贩，附近邻居竟浑然未觉。"

"那虚无僧是什么人？也是长崎出身吗？"

"不，他们不是长崎人。听说两人自称北国浪人，但真实来历不得而知。他们都通些寻常武艺，曾是身佩大小双刀的武士。这点应当无误。两人既非兄弟也非叔侄。据说一个人叫石田，一个人叫水野，但我想应是假名。虽不知他们如何结识，但石田和水野都加入龙涛寺，成为同伙——如前所说——与他们一起洗劫大商家和旗本宅邸。他们巧妙地瞒天过海，兴风作浪了几年，不承想接下来却发生了一起纠纷。"

"是因为阿万吗？"

"不愧是年轻人，在这方面极其敏锐。"老人笑道，"你说对了，那阿万便是纠纷的源头……她原本是长崎的妓女，十九岁时被一位大阪商人赎身，不久便与铺上一位伙计私奔，中途不知是抛弃了伙计还是被伙计抛弃，总之孤身一人来到江户，之后便给人做小妾等等，干了诸多营生。据说在一个雪天，她前往本所番场一带途中，在多田药师[1]前突发剧痛，被路过的虚无僧石田所救，带去了自己藏身的龙涛寺，之后也不知是女方诱惑还是男方邀请，终归是有了那种关系吧。这个阿万手腕了得，竟巧妙地将石田、水野、全达、全真等四人全部收服，自己成了这四人团伙的头目。事情到此，这些男人可真没什么志气。哈哈哈。不过阿万不与他们一起住在龙涛寺，而是住在深川那边一处雅致的外宅里，对外以外室身份示人，时不时来到寺里。

"仅是如此还好，但四人中最年轻的是全真，今年二十五，比阿万小一岁，再加上两人同是长崎人，因而阿万最疼爱全真。如此，其他三人便不乐意了。几人因嫉妒而内讧，阿万要带着全真去往别处，全达居中调停，暂且平息事态。然而，全达内

[1] 多田药师：指旧本所番场町隔田川河畔的东江寺，位于现东京都葛饰区东金町。据说其本尊药师如来像为惠心僧都源信所作，为源满仲（多田满仲）的持念佛。源满仲在其领地建立石峰寺安置药师如来像，此寺后因战乱烧毁，佛像四处辗转，最终安置于东江寺，因而此药师如来像亦称"多田药师"。

心其实并不乐意，他最终与石田、水野合谋，打算在十五夜办一个赏月小酒宴，企图假借醉酒挑起事端，当场杀死全真。几人商定，若阿万执意维护全真，那便只能将她一并杀死。这些家伙的色欲情仇实在可怖，三人全然不知自己死期将至，静待十五夜到来期间，不知怎的却让阿镰婆知晓了秘密。

"阿镰偏心自家外甥乃人之常情。她意欲将此事告知外甥，便于十五夜那日白昼来访龙涛寺，结果阿万不在，四个男人也不在，这才写了那张'十五夜请小心'的字条塞入木鱼口中。用现在的话说，那木鱼便类似邮筒，大家约好无人在场时便将密信投入邮筒，以此议事。想得倒挺周到。

"然而，无人能预测谁会打开这木鱼邮筒。若是全真或阿万打开便罢了，可若是其他三人打开，用心良苦的密信落入他人手中，这'小心'可就小心不起来了。阿镰心里也很担心这点。那天日落之后，阿万自深川赶来，有事去了阿镰铺上，阿镰便引为幸事，悄悄告知此事，要阿万十五夜务必小心。阿万心下已隐约察觉此事，便对阿镰说万事交给自己处理，然后走了。归途遇见元八，阿万便假装迷路，问他打听神明神所在之处。"

"元八不认识阿万？"

"两个和尚暂且不论，阿万和两个虚无僧出入寺院时似乎非常小心……而且当时与如今不同，人烟稀散，四周又多是田地……竟是连近邻之人都不曾察觉。元八也不认识他们，这才被诬骗，真是恶狐啊。元八对这狐精纠缠不休，阿万心下也有些恼，此时正好遇上石田和水野两个虚无僧，元八立刻就被打趴下了。之后，阿万和虚无僧等三人全然不知元八在后尾随，回到龙涛寺，与全达、全真相聚，五人坐在一起开始了计划中的那场赏月酒会，怎料所有人都喝醉了，本该起头找碴儿的石田率先倒下，接着是全达，再是全真，最后是水野。虽然不是上演《小栗判官》[1]的戏，但总之就是一个接

---

[1]《小栗判官》：日本中世纪以后的传说，讲述被妻子照手姬一族杀害的小栗在与阎魔大王斡旋之后复活，与照手姬再会并向其族人复仇的故事。该传说被改编为众多净琉璃、歌舞伎剧本。

一个倒下了。

"这下连阿万也备感错愕，实是因为先前说的那催眠药……阿万本打算先下手为强，让全达、石田和水野三人喝下催眠药。此事虽然成了，可不知道哪里出了差错，全真竟也喝了药，跟着众人倒下了。阿万对此虽感到吃惊，但事到如今已无法挽回。此时阿镰也来查探情况。两人商议之后，将四人尸骸依次抱出，沉入老井中。可尸身不可一直如此放任不管，因而阿镰便在第四天假装偶然发现尸体，消息一出，立刻引起了骚动。"

"没人发现木鱼里的字条吗？"

"看来是没人发现。那'请小心'没能派上用场，场面一乱，阿万和阿镰估计便把它忘了吧。直到第五天我入寺之时，那字条还在呢。"

如此，事件本身已真相大白，只是不知道那两个女人后来为何又出入荒寺，还将元八也抛入同一个井中。对此，半七老人又解释道：

"下药失误导致事情变成了这样，本来阿万和阿镰只要一走了之便好，可二人却还有留恋。两人笃定四人迄今盗来的钱两和还没来得及销赃的值钱货还藏在寺内某处，于是偷偷潜入寺内，挖开了墓地和地板，搜了佛坛，将可能的地方都找了一遍，却一无所获。此时我们到访，眼尖的阿镰立刻丢下铺子潜逃，暗中窥探事情发展，怎料元八自己撞了上来，遭我们盘问。他虽暂时被我们放走，可谁知道他那张嘴以后还会说出什么大事来呢？尤其自己在十五夜还曾悄悄给过他一分金子的封口费。阿镰和阿万商议过后，将元八叫至某处，让他喝下了先前那种催眠药，大抵是阿万耍了色诱之类的厉害手腕吧。明明我那样叮嘱他千万不要外出，看来他还是疏忽大意被诱惑出去了。阿万和阿镰也是，本来将元八的尸体抛往附近河川就好，她们偏偏又带着尸体去了同一座寺院的老井旁，可谓运数已尽，立刻落入了我们张开的网中。不单单是她们，不知为何，罪犯都倾向于重复同样的伎俩，而这往往成为暴露的端倪，不可谓不奇异。"

"元八的尸体是谁搬来的？女人应该做不到吧？"

"元八是个矮小男人，阿镰又是个身体结实的，据说是她自己背过去的，可实际如何不得而知。绿屋的堪右卫门虽然变正派了，可他以前手下的小弟们还在游手好闲呢。或许他们中的某人得了好处，帮了阿镰一把吧。可看在堪右卫门的面子上，我没有追究。"

"阿万被您抓住……那阿镰呢？"

"当时被她逃了，但五六日后在深川的小客栈里被抓获。阿镰依旧留恋藏在龙涛寺里的财物，打算等风头过了再回去搜寻。身为歹人还如此不干不脆，这大约便是女人的习气吧。"

"那关键的催眠药，是哪个女人拿着的？"

我问了最后一个问题。

"这事可就怪了……"

老人笑着说。

"阿万说是阿镰给的，阿镰又说是阿万给的，两个人推来推去。其实事情到这份儿上，不管药是谁的，罪行都不会有变。可这二人谁也不肯退让，直至最后也没弄清白。不过就我推断，应该是阿万的药吧。"

09

金蜡烛的证言

一

　　秋季夜长之时，我照例拜访半七老人，正听他说着从前的有趣故事，六叠房间的电灯却忽然灭了。

　　"啊，停电了？"

　　老人唤来帮佣阿嬷，令她立刻拿蜡烛过来。

　　"与座灯、油灯不同，电灯虽然便利，却时常停电。"

　　"不过您的宅子里竟然常备蜡烛，真叫人佩服。"我说。

　　"有什么好佩服的。像我这样旧时代的人，就算时兴油灯，有了电灯，也总会觉得家里不能缺了蜡烛，故而一直备着。于是像今晚这种停电的时候，便派上了用场……"

　　虽然老人张口闭口都是"旧时代的人"，可在当时的明治三十年（1897）前后，普通民宅使用电灯的反倒算得上前卫。事实上，这时期连我家都还在点油灯。用着新式电灯，却未舍弃老式蜡烛，我想这亦体现了半七老人的性格。

与今日不同，那时的停电时间很长。有时甚至会让东京部分地区陷入黑暗达三十分钟乃至一个小时之久，实在令民众困扰。今夜的停电时间也很长。昏暗的烛光在夜风中闪烁，主客二人在暗光中聊了一阵，老人便从蜡烛引出话题，说起了往昔的侦探故事《金蜡烛的证言》。

"如君所知，安政二年（1855）二月六日晚，藤冈藤十郎与野州[1]的流浪汉富藏合谋闯入江户城本丸[2]的御金库，盗走了四千两小判。此次御金库失窃事件在江户改名东京后被改编成戏剧，于明治十八年（1885）十一月在滨町的千岁座上演，九藏扮演藤十郎，菊五郎扮演富藏，大获好评。我

---

[1] 野州：下野国的别称，属东山道，领域大约为现栃木县。

[2] 本丸：日本城堡的中心部分，城主的居所。

也去看了，着实让人回忆了一把从前。安政二年我三十三岁，正当年富力强之际。甫一听说金库失窃，我立刻明白出了大事，当即开始行动。当然，此非我一人之事，而是全江户的捕吏都活动了起来。八丁堀的老爷们也特意将我们传唤到跟前，命令我们全力以赴。当时那个时代，御金库失窃之类的事是绝不可外泄的，一切调查都要暗中进行。然而正所谓人嘴封不住，也不知是谁走漏了风声，此事一下子就传开了。"

那年四月二日夜里临近四刻（晚上十时），两国桥靠西一端传来有人落水的浪花声。守桥大爷提着灯笼从西两国的值屋里走了出来。两国桥曾于天保十年（1839）四月重修。但毕竟是长达九十六间（170余米）的大桥，加之昼夜往来频繁，故而在重修后的第十七年，也就是安政二年时，桥身已有多处严重破损，车马人流通行均有危险。故此，该年三月，幕府开始修缮两国桥，并在大桥南侧，亦即河川下游，架起了可供临时通行的便桥。此番便是在那便桥上传来了疑似有人落水的声响。

当晚月黑风高，还下着细雨。大桥一旁高高搭着修缮工事所用的脚手架子。便桥与之平行架设，底下还系着几艘堆满木材和石料的船只。如此杂乱之中，打着灯笼在桥上四下照看根本无济于事，守桥大爷最终什么也没发现。

守桥大爷凭借多年的经验判断出了那水声从何而来。他说那绝非重货落水的声响，一定是有人主动投河或抛尸入水。夜色昏暗，许是有人走过简陋的便桥时大意坠落也未可知。无论如何，眼下并不知晓落水者是男是女，如今身在何处。

事件发生后的第六日清晨，小卒幸次郎眼神犀利地走进神田三河町半七家的后门。

"您早。开门见山，头儿，您听说两国那桩案子了吗？"

"两国的案子……听说四五日前的晚上，有人落水了？那么长的便桥，只在正中央挂一盏灯笼着实疏忽。"半七皱着眉头说，"难道找到尸体了？"

"对，说是找到了……是这样的，昨日午时许，工匠们稍微堵塞了上游水流来进行某些工事。便桥西侧一头的河水缘此变浅，露出了河滩，结果发现一具女人的尸骸躺在那里，惹得众人慌乱不已……您且听听那现场状况，着实不寻常。"幸次郎两眼放光地说，"那女子怀里紧紧抱着一个布包袱……打开包袱一看，里面是大蜡烛，有五六根……不，似乎恰好有五根。不过那蜡烛重得出奇，众人觉得古怪，于是有人拿了一根蜡烛在附近桩子上敲开一看，这不重才怪：原来里头的芯子是纯金的，只是在表面薄薄裹了一层蜡，做成蜡烛的样子而已。众人大吃一惊，立刻找来相关差役。继续调查下去，发现所有的蜡烛里面都是纯金……如何，这事蹊跷吧？"

"嗯，的确蹊跷。那死者是个怎样的女人？"

"我没亲眼见过，但据说是个三十二三岁、打扮时兴的已婚女人。包袱里除了假蜡烛之外别无他物。尸体没有外伤，呛了水，确实是投河而亡的死状。只是那蜡烛着实令人费解。这世上不可能有以纯金作芯的伪劣蜡烛，那女人缘何抱着那种东西？

我认为有必要一查，您觉得呢？"

"你说得没错，此事不能置之不理。"半七正了正坐姿，"喂，阿幸，务必机灵些。这或许是条大鱼。"

"看来此事非同小可。"

"不论如何，你此次探出了有用线索，咱们也该重新绑好腰带，出门干活了。"

对于此次金蜡烛事件，半七之所以立刻露出紧张的神色，是因为他认为此案或许与御金库失窃案有关。该案的案犯浮出水面是在两年后的安政四年，此刻还全然未有线索。当时众人正苦于判断失窃案究竟是谁人的手笔，有人猜是熟悉江户城的武士或其仆众所为，又有人猜是町人犯事，因此不可放过任何蛛丝马迹。无论如何，犯人既然胆大妄为到潜入江户城内的金库盗窃，想必已做了许多打算，恐怕不会蠢到一拿到大笔钱财便立刻挥霍出去。任谁都能想到，他们大概会将金子埋藏在某处，等风头过去之后再悄悄取出。

至于藏匿地点，一般是自家地板下，再者便

是找个避人耳目的地方埋了，留下记号。这些手段任谁都能想到，该案的偷金贼想必也会在此二者中择其一。除此之外，其实还有一个办法，那便是将小判熔铸成普通金块。随意熔铸通货等同于熔毁国宝的重罪，但擅闯金库的重犯自然不会忌惮这点小事。就算他们不将所有小判都熔铸干净，也有可能只熔毁一部分，再转铸成其他形状。半七认为，将纯金铸成棒状，伪装成大号蜡烛也是切实可行的方法之一。

很容易想象，擅闯金库的盗贼绝非只有一人，而是至少有两至三个同伙。尤其他们若计划熔铸金币，想必还有其他同伙。半七立刻召集手下小卒，吩咐他们详查全江户的蜡烛铺和金银匠。

"接下来该做什么？"

无论如何，总归要先去现场看一看，于是半七便带着幸次郎出门了。四月初的湛湛碧空之下，身穿夹衣的男女来来往往，好不热闹。虽然街上人影寥寥，买卖不似往日般景气，叫卖时鲜鲣鱼的声音依旧生气勃勃。

"夏天到啦。"幸次郎说。

"干我们这行,冷的时候受不了,热的时候也不轻松。这两国桥也不知何时才能修完。"

"五月末……到初夏的烟火大会时约莫能修完,不然当地人怕是要遭殃了。"

"想也是。"

两人一边欣赏着柳原堤旁的夏柳,一边来到西两国。修桥工事似乎规模颇大,现场拥挤不堪,故而广小路的棚屋摊贩全部歇业,只剩招待匠人和小工的食肆开得火热。

"喂,要不要来点蒲烧鲥鱼?"半七回头招呼幸次郎道。

"不,免了。"

"你瞧着倒似口是心非。"

跟工事现场的差役们打过招呼后,半七在便桥附近绕了一圈,接着去询问守桥大爷。两国桥东西两端均有守桥值屋,金蜡烛一案发生在西侧,一切便落到了西侧守桥人的头上。守桥大爷久八认识半七,客气地与他寒暄。

"头儿辛苦了，您请坐。"

"昨儿可从这河里捞出了不得了的宝物啊。"半七边入座边道，"我这辈子倒也想捞出一件来。"

"您这是哪里的话。那女的披头散发，神色骇人，手上紧紧抱着布包袱，一副死不撒手的模样。您见了保管什么念想都没了。金蜡烛也好、金棒子也好，若是拿了，准会惹上那女人的怨气，不得安宁的。"

"听说是个三十二三岁、打扮时兴的女人？"

"那女人如今看着正派，年轻时怕是在风尘里待过。身上穿的虽是棉衣，但整洁利落……总之乍一看不像个缺钱的。"

"都能抱着金棒子跑了，自然不会缺钱。"幸次郎笑道，"哎，你先给头儿说说当晚的事吧。"

二

"那女人究竟是主动投河、失足跌落，还是被他人推入河中，你可有头绪？"半七问。

"这问题昨日来检视现场的差役们也问过，但我确实没有头绪。我只听扑通一声水响，立刻提着灯笼出门查看，连对方是男是女都没瞧见……"久八模糊地说。

若见有人投河必须立刻救助，这是守桥人的职责。然而，如今虽会劝解准备投河之人，却极少搭救已经投河之人。久八被水声惊动，出去瞧了一眼，但觉得救人为时已晚，故而草草一看也便回来了。如今知道那落水者是个女子，他心中也有些愧疚。那个时代，众人都认为对妇孺等柔弱之辈见死不救比对男人见死不救更冷酷无情。

但对半七来说，这不值得费心追究。他继续

问道：

"当晚的事暂且不论，之后有没有发现值得注意之事？"

"关于这个，头儿，"久八低声说，"确实有件怪事……出事第二日早晨，天刚刚亮，有个男人呆呆地立在便桥上，眺望了水面好一会儿。当时我并未在意，但您也知道，那日早晨四刻（上午十时）便雨过天晴了。结果过了午时，那男子又来到桥上，与早晨一样盯着水面瞧。他接连来了两三日，我终于觉得奇怪，结果……头儿，众人将那女子的遗体捞上来一看，尸体竟正好沉在那男子所立位置的桥底下……如此看来，那男子与此事定有关联，想必早就知道那女子沉河之处，才屡屡过来探看……"

"哦，竟还有这等事。那男子长什么样？"

"近四十岁，肤色浅黑，身体壮实，打扮倒也不甚土气，许是死亡女子的丈夫。当然，我没有证据……"

"老大爷，厉害呀。"幸次郎插嘴道，"我一听你说出此事，立刻觉得可能是这样。世间常事嘛，这女子许是跟丈夫吵了架才跑去投河。只是那金蜡烛还是让人纳罕……她为何要抱着那种东西？"

"知道了就不用查了。"半七苦笑道，"不，或许这些疑点正是有趣之处。那男子今日也来了？"

"今儿还未见过他。"久八回答，"尸体也捞上来了，他或许不会再来了。"

"嗯……"半七半眯起眼开始思索，"那男子是打西面还是东面来的？简单来说，是从日本桥方向来的，还是从本所方向来的，你可知晓？"

"每次都是从柳桥方向来的，约莫是那一带人士，抑或是神田或浅草那边的人。"

"哎呀，多谢。此番虽说是公务，但也叨扰你了。喂，老大爷，这点小心意，你拿去买烟吧，就当放生鳗鱼了。"

半七给了久八几个赏钱便往外走，幸次郎也跟了出去。

"头儿，那女人的丈夫不会再来了？"

"八成是不会了。麻烦的是，发现尸体的那些小工，估计已七嘴八舌地将事情传了出去。一旦出了这种风声，那些家伙定会留心隐匿证据，性急的或许早已逃之夭夭了。咱们再磨蹭下去，好不容易上钩的鱼儿怕是要破网逃走，必须设法早日破案。"

"若守桥大爷能再机灵点，或许就好办了……"

"咱们要是指望那种年老昏聩的老大爷帮忙，还怎么给上头办差？"半七笑道，"总之先去柳桥看看吧。"

只因那疑似死者丈夫的男子来自柳桥方向便往那一带去，这看似是个笨办法，可既然知道了他是从柳桥方向来的，总不能往本所、深川方向去。半七老人解释说，就算没有任何线索，总之先往那个方向去探查，这是那个时代办案的常规手法。

前面也说过，由于修桥工事，广小路比平素萧条许多，但依旧摆着很多路边摊和算命摊。算命先生领口插着卜签，手上拿着放大镜，煞有介事地说道着。一个十八九岁的漂亮姑娘则垂首站在他面前侧耳倾听。半七回头问幸次郎：

"喂，你认识那姑娘吗？"

"您可真会说笑，我也不可能认识全江户的姑娘呀？"

说着，幸次郎打量了一眼女子的侧颜，接着笑了出来：

"哟，我还真认识。那是奥山的阿光。"

"哦，原来是宫户川的阿光，怪不得眼熟。这小丫头正给那算命的当冤大头送钱呢。哈哈，莫不是有了情郎？"

"不是有了情郎就是跟阿母起了争执。约莫也就是这些事。"

阿光不知自己正被议论，搁下算命钱便走了。换作平素，半七或许也就离开了，可今日心里似有些预感，他站在原地望了那姑娘的背影一阵。只见她继续往前朝着两国桥的另一头走去，梳着岛田髻的脑袋沉重地耷拉着，似是悄悄藏着什么苦衷。半七注意到这点，便给幸次郎使了个眼色，回身追在阿光身后。

阿光似也未察觉，在狭窄的便桥中央来回踱步，最终驻足四下张望，同时对着河川悄悄合掌，嘴里也念念有词。半七对幸次郎悄悄说了几句，接着又走进守桥人的值屋。

"大爷，我又来了，借你屋里一用。"

半七拉开拉门躲进屋内，不久便见到阿光开始往回走。此时，等在一旁的幸次郎出声道：

"喂，阿光，你去哪儿了？"

阿光闻言吃惊地回过头，脸色阴沉而苍白。

"怎么了？脸色很不好啊。莫非染了麻疹？哈哈，开个玩笑。总之你先过来坐坐。"幸次郎笑着招呼她。

阿光在奥山一家名为宫户川的茶摊上做工，也知道幸次郎是做什么的，故而被叫住后也不敢对他视而不见。她勉强撑起笑容，客气地寒暄道：

"呀，原来是幸大哥。天忽然就热起来了，你今儿是在这里盯梢吗？"

"没有，只是身子骨闲得发慌，就跟那些帮闲[1]似的过来这里钓鱼。倒是阿光你看起来很忙啊，

---

[1] 帮闲：专门陪着大贵族、大官僚们、富人等消遣玩乐的人被称为"帮闲"，也叫作"清客"。

上这儿做什么来啦？莫非是钓情郎？"

"呵呵，您说笑了。听闻两国桥修缮，我过来瞧瞧场面而已。"

"这都是借口吧？你去找算命先生看了手相……又去两国的河边念经……接下来莫非要去哪座寺里拜拜？哈哈，年纪轻轻，倒是有心。"

阿光闻言脸色一变，盯着对方的脸半晌无言。平素惯于接待客人的她如今似是不知该如何作答。幸次郎趁机吓唬道：

"喂，阿光，老实交代吧。你为何去河边祭拜？你也没老到要去河边放生鳗鱼祈祷来世安顺吧？难道是骗的男人太多，去赎罪的？喂，现在问你的可不是旁人，而是我。老实招了吧。"

阿光依旧低头沉默，脸色却越来越苍白。幸次郎乘胜追击，愈加威吓道：

"你这女人，还挺倔。喂，大爷，把绳子拿来，我要绑了这娘们儿……"

即便在这个时代，也是不可能单凭这点小事就随意绑人的。但这年轻姑娘不知是被唬住了还是另有隐情，一听对方要绑自己，立刻乱了阵脚，张口欲言却说不出口，迈腿想逃又无法脱身，最后只得僵硬地呆在原地。

半七见时机成熟，便晃晃悠悠地从屋内出来。

"瞧这小姑娘，都吓坏了。宫户川的阿光若是被捕，许多人怕是要伤心哭泣喽。叫人真想帮你一把。"

幸次郎一人就够她受的了，此番他的头儿又忽然出现，阿光的脸色已从苍白转为土色。

三

"喂，阿光。我不会像幸次郎那样恐吓你。"半七哄道，"逼供年轻女子的名声若是传出去，有损捕吏的颜面。所以我打算好声好气地和你说道说道。你且听听。宫户川的阿光近来找了个好老爷伺候，本人庆幸，阿母也高兴。可惜，那老爷是有妇之夫。此事按惯例引起了女人的争风吃醋，闹出许多风波，最终那老爷的夫人在初二夜里来此跳河。老爷心有不安，每日来此观望江面。阿光也心中忐忑夜不能寐，担心枕边会出现夫人的幽灵，于是来此河边，偷偷摸摸地悄声念南无阿弥陀佛或《妙法莲华经》。事情大抵是如此。虽不知那算命先生给你算了什么卦，但我这放大镜合该看得通透，你说是也不是？收你些算命钱也不冤枉吧？"

"小女子知无不言。"阿光颤抖着低声说。

"喂，阿幸。"半七笑道，"既然她都这么说了，你也不要欺负一个弱女子啦。大家都和气些。阿光，我问你，那老爷是哪里人？"

"是田町人。"

"浅草的田町？"

"是，在袖摺稻荷神社附近……"

"是个怎样的男人，做什么营生？"

"他叫宗兵卫，是放印子钱的，据说主要放钱给出入吉原的人……"

"看来是放小额印钱的。他家业很大？"

"不清楚，似乎家计无忧。"

"你认得宗兵卫的夫人？"

"认得，"阿光支支吾吾地说，"因为来过我家几次……"

"你家在哪儿？"

"马道一条巷子里。"

"夫人来干什么？闹事？"

"来接老爷……起初老爷也乖乖跟她回去，后来开始争吵……有时阿母和我也感到为难。本月初二那晚，老爷喝得烂醉，恰好夫人闯进来，两人大吵了一架……老爷将夫人拽倒在地，又踩又踹，我们也看不过去上前劝架，劝慰了夫人一番，打算暂且先将她带到外面去。可夫人好似已然半疯，如同恶鬼一般瞪着老爷，说什么'负心汉，你且等着，就算我死了，蜡烛也会明言一切'……"

"蜡烛也会明言一切……夫人说了这个？"半七反问道。

"说了。"阿光点头道，"接着夫人就推开我们，光脚跑了出去。老爷无动于衷地冷笑，说夫人是热昏了头，让我们别理那疯女人，接着又喝起了酒。不一会儿，老爷似是忽然回神，说想起有急事必须马上回家，然后冒雨走了。"

"当时是什么时辰？"

"弁天山的四刻（晚上十时）钟声响起之前。"

"之后宗兵卫可还去过你家？"

"一次都不曾。"

"你如何知道在便桥投河的就是宗兵卫的夫人？"

"方才也说了，当晚夫人出走时曾说'就算我死了，蜡烛也会明言一切'……我心里记着那话，又听闻昨日从河里捞上来的女尸怀里抱着金蜡烛，年纪也与夫人相仿。阿母非常担心，说那女尸一定就是老爷的夫人。我也非常挂心，便一边打听一边来此，找算命先生瞧了瞧，结果他说我身上有死灵作祟，更是让我心里发怵。"

"宗兵卫可是江户人？"

"不，听说他在东海道待了很久，曾说起过大井川[1]的事，似乎前年春季才来的江户。"

在半七的追问下，阿光接着说出宗次郎今年四十岁，夫人阿竹则是三十三岁。两人膝下没有孩子。田町自宅中还有一个乡下来的婢女阿由，三人一起生活。由于是外地人，三人在江户似乎无依无靠，也未曾听他说起亲族的事。

"关于蜡烛……"半七又问道，"你以前可曾听

---

[1] 大井川：现静冈县内的一条河流。组成现静冈县的远江国与骏河国在江户时期属于东海道。

说过？"

"初二那晚是头一回听说……之前未曾有谁提起过。"

"原来如此，那今儿就先到这儿吧。回去告诉你阿母不必太过担心。"

"多谢头儿。"

"今日之事，就算那个叫宗兵卫的老爷来了，你也绝不可说出去。若是走漏了风声，小心和案子扯上关系。"

半七耐心嘱咐一番之后便让阿光回去了。

"头儿，这女人会不会和那位老爷通气？"幸次郎问。

"不必担心。奥山的看茶女是为了利益才傍上那老爷的，不是真心喜欢。不过宗兵卫那厮确实得早日捉拿归案。王八羔子，这回可让他媳妇狠狠报复了一番。"

"是报复？"

"自然是报复。"半七笑道，"他媳妇就是为了揭发丈夫做的丑事才抱着金蜡烛投河的。"

"这，报官不就好了……"

"约莫不成。若是报官，自己也会入狱受罚。她大约是想心一横主动赴死，借此把活着的丈夫送上磔刑柱或断头台吧。被女人恨上了可就求救无门了，你也当心着点。"

"哈哈，我不会有事的。"

两人离开两国，往浅草方向走去。

"咱们看情况或许需要东奔西走。"半七说。

"虽然早了点，但我们去填填肚子吧。"

两人在茶屋町附近的小食肆里用了晌午饭，接着便从马道赶往田町一丁目。大道径直通往吉原日本堤[1]，町人的住居相当齐整，但后巷住屋却稀稀拉拉。到了袖摺稻荷神社附近，除了两三户旗本宅邸之外，后面一整片都是农田，白天也能听取蛙声

---

[1] 日本堤：江户时期吉原游郭前山谷堀沿岸的一段堤坝，遗址位于今东京都台东区北部。堤坝呈东南—西北走向，东南端起于隅田川与山谷堀交接的今户桥（待乳山圣天社本龙院附近），西北端止于三轮净闲寺（位于现东京都荒川区南千住）。

一片。两人朝着袖摺稻荷边走边打听，最终在路旁酒肆里遇见了一位小伙计。

"喂，这附近有没有一位放印钱的宗兵卫？"幸次郎叫住小伙计问道。

"宗兵卫大哥不在。"

"去哪儿了？"

"不知，但他家婢女说他昨夜就未归家。"

"不在家也行，可否告知他家住哪儿？"

两人循着小伙计的指点前往宗兵卫家，只见卫矛树篱边有扇小小的木栅门入口，白日里也挂着锁。两人见状便绕至侧面，发现有一后门，一推便开了。

"叨扰了。"

婢女似是睡着了，叫了两三声才出来。她拉开厨房后门，狐疑地打量着半七二人。

"你就是这里的婢女？是叫阿由吧？"半七先声问道。

阿由无言地点点头。

"你家老爷不在？"

"昨夜便未回来。"

"宿在马道的阿光姑娘家了吧？"

阿由一脸"你怎么都知道"的表情，再度默默望着半七二人。

"其实我俩先去了阿光姑娘家，说你家老爷昨夜未曾去她那里……所以我们才来拜访府上。你家老爷难道不曾与你说他去哪儿，也未说何时归家？"

"老爷什么都没说。"阿由冷淡地回答。

"那夫人……"

"夫人也不在。"

"自初二那晚便不在了吧？"

阿由沉默不语。

"不用隐瞒，你家夫人的确自初二当晚便未回家吧？"

阿由依旧沉默不语。半七一咂嘴，回头对幸次郎说：

"又要像在两国时那样演一出戏了。吓唬女人你最在行，交给你了。"

四

阿由是下总松户[1] 人,去年三月来宗兵卫家中干活,直至如今。阿由今年十八岁,是个没见过什么世面的乡下女,但胜在憨厚老实。因此,虽然宗兵卫夫妇在家务上对她多有倚重,但是她对家主夫妇的秘密却一无所知。在幸次郎的恫吓之下,她一个劲地颤抖,断断续续地说出了一些事:

"老爷与夫人自去年夏季起便时常吵架,年末时曾一度谈及和离,后又不了了之。本月初二晚上,夫人自入夜时分外出,好像在外面与老爷发生了争执,披头散发面色苍白地回来后说是腹痛,躺着休息了一会儿。接着夫人又去了里间,像是要找什么东西,过了一阵又唤我去叫一顶去本所的

---

[1] 松户:今千叶县松户市。

轿子，我便去大道旁的辻仓轿行租了轿。夫人前脚刚搭轿出门，老爷后脚就回来了。我与老爷说了夫人的事，他立刻走入里间翻找了一番，接着也未和我说什么，慌慌张张地出了门。当晚四刻（晚上十时）过后，老爷只身一人回来了，夫人自那时起便未曾归家。老爷说夫人身子有恙，去了箱根泡汤疗养。"

"那是初二晚间的事。自那之后，你家老爷每日都做些什么？"半七问。

"老爷自那以后每日都出门，昨日也是日暮之后方才归家。他一回来就让我去出门洗浴，我就去了附近的澡堂，回来发现老爷在我出门期间换了衣裳，收拾了一个小包袱，似是做好了出行的准备。他说他也要去箱根，十日左右才回来。"

昨日才在两国捞起了女尸，阿由如今还未听说此事。老实的阿由对自家老爷的话深信不疑，故而即使夫人至今未归，她也未曾起疑。半七又问：

"你可知夫人那晚搭轿去了本所哪里？"

"只听夫人说去本所，不知具体去哪儿。"

"莫非夫妻俩在本所有亲友？"

"本所有个增师傅常来拜访，但不知他家住何处。"

"夫人的轿子是在辻仓轿行租的？"

"是的。"

"你去路边的辻仓轿行打听打听，"半七叮嘱幸次郎，"查清楚初二晚上为夫人抬轿的轿夫是谁，问他们当晚将夫人送去了本所何处。"

幸次郎立刻去办。等待幸次郎归来期间，半七将屋内打量了一番。屋内共有玄关旁的休息室、起居间、客室、储藏室、下人房等五间房。主人家不愧是放印钱的，家中收拾得整整齐齐，看来住得干净清爽。进了厨房，只见柱子上挂着一个细细长长的竹编纸篓。

"喂，最近可有卖过废纸？"

"收废纸的上月晦日来过，之后便没来过了。"阿由回答。

半七拿下纸篓，谨慎地将废纸一枚枚拿出，仔细展开查看，接着在底部发现了一大张白纸。白纸被撕成了好几张揉成一团。半七将褶皱展平并将碎片拼合在一起，只见上面是女人的笔迹，写写涂涂，似是写得极为不顺，于是中途撕毁丢进了废纸篓。文章主旨因此难以辨认，但大致推察出了"五年前之事汝忘否……无情男子……妾将以死雪恨……蜡烛会明言一切"等内容。

"蜡烛会明言一切"这话日前阿光也说过，不算什么新线索。然而"五年前之事汝忘否"这句话却重重回荡在半七心间。如此看来，金蜡烛背后潜藏的某个秘密似是五年前的事。而江户城本丸金库失窃案发生在两月前的初六，明显与五年前之事毫不相关。半七原本暗自以为本案是擅闯金库的盗贼为了泯灭证据而将小判熔铸成了金棒再伪装成蜡烛，但如今的线索却从根本上推翻了这个猜想。半七思忖，必须重新彻查这对夫妻五年前的秘密。

当然，在查案途中因推断错误而发现另一桩罪案的例子时常有之，半七并未感到惊奇。但自己的推断终究是出了错，他多少有些失望。

此时，幸次郎兴冲冲地进来。他将半七拉回客室，语速飞快地悄声对半七说道：

"头儿，这条鱼可够大的。我跟辻仓的年轻伙计打听了，这家夫人乘轿去的地方是本所肉铺附近的首饰匠家。"

他似是因为夫人去的是首饰匠家才如此振奋，但半七如今已然改变了看法。然而，女人怀抱金蜡烛投河——此为前所未闻的稀奇事，半七身为捕吏，再度对其产生了兴趣。即便那是五年前的事，与金库失窃案无关，他也认为必须追查下去，揭开其中的秘密，故而他依旧因为发现了金蜡烛与首饰匠之间密不可分的联系而欣喜。他将阿由召来客室问道：

"喂，本所来的增师傅可是首饰匠？"

"是，听说正是首饰匠。"

"知道他为何而来吗？"

"好像也是来借钱的。"

"这女的能知道什么。"幸次郎催促道，"先下手为强，我们还是赶紧去本所吧。"

"嗯。那走吧。"

半七吩咐阿由眼下先老实待在家中，接着和幸次郎去了本所。两人在驹止桥附近一打听，立刻知晓了首饰匠增师傅的住处。

"那边铺子的老太婆看着挺健谈，你过去悄悄打听一下。"

在半七的指示下，幸次郎来到路边的鱼铺，与正在门口刷洗鱼盘的老板娘攀谈，打听首饰匠的私事。老板娘果然快言快语地说了一大堆。首饰匠增藏年纪三十二三，去年春季媳妇去世，如今与一个学徒一起住。增藏手艺了得，但自妻子去世后便开始不务正业，听说欠了一屁股烂账。两人闻言心里有了底，前往首饰匠家。只见学徒正坐在铺里发呆，说师傅在二楼睡觉。

被叫下楼的增藏有些醉意。他与乡下出身的阿由不同，毕竟是土生土长的江户人，一见半七二人便知他们不同寻常，于是立刻端正身形，恭敬招呼道：

"我就是增藏，请问两位有何贵干？"

"我是三河町的半七，我手下的人没来找过你？"

"没有，不曾有人……"增藏有些忐忑地抬眼望向对方。

"现在还没过来？真够磨蹭的。那我们现在就聊正事吧。本来该把你拉去警备所，但顾及你的颜面，就在这儿审吧。"

半七将学徒赶进里面，自己进了铺子。虽觉得不至于如此，但为防骚乱，幸次郎便在店头坐下，万一出了岔子也好立刻镇场。

岂料对方异常老实，对半七的审问知无不言。

"实在抱歉，其实听说昨日在两国的便桥下捞起一具女尸，女尸怀中还抱着金蜡烛后，我立刻前去探看，发现的确是熟人。我本想立刻告知查案的差役，可又有些迟疑，最终还是悄悄回来了。没想到给您添了那么多麻烦，实在过意不去。"

"你以前就与田町的宗兵卫认识？"

"不，去年九月前后才认识。其实去年正月拙荆离世之后，我有些耽于玩乐，手头也日渐紧迫……其间，我与吉原一位叫喜助的年轻伙计交好。便是那喜助认识家住袖摺稻荷附近，以放印子钱为生的宗兵卫。喜助领我去宗兵卫那借了些小钱，此后我便常常出入他家。"

"你在宗兵卫那借了很多钱？"

"一次不会借许多，顶多两三分罢了。可这一次又一次地连本带利加在一起，如今已欠了七八两。"

"七八两……对你一个工匠来说数目不小了。宗兵卫不催你还钱？"

"从来不催，一直和颜悦色地借钱给我。如今想来，他是另有所图……上月初，我去田町宗兵卫家中时，他拿出一根大蜡烛对我说，既然我是打首饰的，应当认识与金银匠来往的金铺。他让我拿着蜡烛去金铺寻个好价钱卖了。不过一次拿出那么多金子难免让人起疑，他便叫我将蜡烛分成几段，拿到不同的金铺去卖。作为酬劳，我至今欠下的钱一笔勾销不说，若价钱卖得好，他还会另给一些跑腿费。我也见钱眼开，头脑发热地应下，拿了一根蜡烛回家，以防万一在蜡烛一侧开了个小洞一看，里头果然是金子。以纯金作芯的蜡烛……这着实稀奇。思及此，我心里忽然又开始发怵。宗兵卫为何会有这样的东西？故而翌日我又去他家讨问说法。"

"宗兵卫是怎么说的？"

"他说我有所不知，京都、大阪那边的财主为防贼人，都会将金子制成蜡烛。不论什么贼人成群闯入，断不会看上蜡烛这样的东西，故而如此隐秘潜藏最为可靠。再者，通货小判容易大手大脚地挥霍无度，制成金块善加贮藏方能钱财无忧。他说不只平民百姓，连各位大名的府邸里也是如此贮藏军饷的。"

此番说道是真是假，半七也不甚清楚，幸次郎当然也不知晓。两人不发一语，只听增藏继续说道：

"如此我便不再怀疑。可像我这样的穷人抱着金块东奔西走也没什么人肯搭理，着实发愁。愁着愁着，这便到了赏花季，我又去田町借了一两。如此一来，我更是没了退路，正发愁呢，没承想初二晚上宗兵卫的夫人乘轿来了，要我把寄放在我这儿的蜡烛交给她。夫人模样有些奇怪，披头散发，眼神也不对劲，似是和丈夫吵架了。我心下犹豫，不知能否把这么贵重的东西交给她，心下发愁。结果夫人厉色逼我交出东西。我心里愈发忐忑，对她说除非老爷来了，否则我不能交出东西。她不肯，非要我交。我俩互不相让，俨然要吵起来，此时正好宗兵卫也乘轿来了。见了老爷，夫人陷入沉默不再开口。宗兵卫硬将她拉到二楼，也不知是怎么安慰的，总之两人貌似和好了，夫妻二人平安无事地下了楼。当时已是四刻（晚上十时），我便提出帮他们雇轿。可他们说自己去大道上随意雇两顶便可，直接冒着细雨走了。"

"那蜡烛呢？"

"宗兵卫说夫人太过难缠，让我先还给他。我也跟甩开烫手山芋似的，立刻把东西还他了。当时夫人好像还抱着几根蜡烛，看着挺重的。"

"然后呢？"

"之后的事我就不知道了。我以为他们夫妇二人平安回到了田町，可没想到竟会如此，着实令我吃惊。我琢磨着约莫是两人在归途中又吵了起来，

306

夫人就从两国的便桥上跳了下去。我本想去田町看看宗兵卫怎么样了，可又怕轻率行动惹上一身腥。话虽如此，就此不闻不问又未免太过冷漠，我心里也不太好受，故而白日里去澡堂泡了个澡，回来小酌几杯后，就在二楼躺下了。"

这个懦弱的工匠，他的供述到此为止。

五

"这么说，那个叫宗兵卫的男人是从别处偷的金蜡烛？"我问。

"正是。"半七颔首道，"不过宗兵卫对增藏的说辞完全是胡扯。什么京都、大阪一带的财主为了防贼而制作金蜡烛，什么大名以此贮藏军资，全是在糊弄人。这也是后来才知道的。金蜡烛根本不是那种东西。至于宗兵卫夫妇为何会拥有这种稀奇东西，这里边有个小说一般的故事。你权且听听。

"众所周知，在东海道的大井川两岸，江户方向上有岛田宿场，京都、大阪方向上有金谷宿场，大金川就夹在两者中间。离金谷宿场不远有一处日坂峠，过了便是小夜中山 [1]，此处山麓有一家歇脚

---

[1] 小夜中山：位于现静冈县挂川市的一处山道。

茶馆。这茶馆不比轿夫的歇脚处大，只给过路旅人提供粗茶点心，也提供酒水和现成的下酒菜。茶馆老板叫宗兵卫，妻子叫阿竹，两人一起在此经营。宗兵卫是三州冈崎[1]人，因浪荡爱玩而散尽家财，流落到了金谷宿，妻子阿竹则本是冈崎宿场的风尘女。虽然有些不堪回首的往事，但夫妻二人在开店期间算是过得平淡无波。某日午后，一位武家仆役打扮的男人路过，在茶馆歇脚，喝了些酒水后忽感身体不适，请求店家让他躺着歇一会儿。夫妻二人将他带入里间歇息，结果男人直到日暮依旧无法起身，病情似乎逐渐恶化。那个时代，那一带附近也没有郎中，夫妻俩只能拿现有的汤药让他服下，小心看顾。此乃人之常情，夫妇二人亲切地照看了陌生旅人。

"不知是不是夫妻俩的照料有了成效，一度险些撑不过来的病人到了翌日早晨病情逐渐稳定，晌午时已能喝下粥了。三人都很高兴。到了七刻（下

---

[1] 冈崎：今爱知县冈崎市。

午四时）许，男人已然完全恢复，便说要启程。秋天日头短，眼下已临近日落。夫妻俩劝他今日不要翻山越岭，不如再宿一晚养精蓄锐，明日一早再出发。可男人似乎着急赶路，执意要走。临走之际，男人说要答谢夫妻俩这两天的照拂，但自己盘缠不多，身无其他长物，便只留下此物当作谢礼。不过此物不可立即使用，夫妻俩须将它藏入佛龛抽屉内半年左右。男人留下这谜一般的话语，给了夫妻俩一根大蜡烛，然后就离开了。"

"那就是本案中的金蜡烛？"

我急不可耐，不禁插嘴问道。老人被打断话头也不恼，继续说道：

"若夫妻二人听了那男人的话，或许就不会多造罪孽。可给了人蜡烛，却又不让立刻使用，这着实奇怪。不仅如此，这蜡烛还很沉。夫妻俩稀奇地来回打量期间，不知是谁不慎将蜡烛摔落泥地，撞上泥地上的石块，磕落了外层的蜡，露出了蜡烛里面的芯子。那芯子闪着金光，又让夫妇俩吃了一惊。这便是金蜡烛的来历……"

"那过路的男人究竟是何许人也？"

"别急，我还没说完。夫妻俩见了那蜡烛，暗忖这并非一个武家仆役打扮的男人能够拥有之物。尤其他刚刚痊愈，却不顾渐晚的天色匆匆出行，想来身上定有不可告人的秘密。老板宗兵卫霎时担忧起来，收了这等东西，惹上了祸端可不得了。故而宗兵卫打算追上男人将东西还回去。他用布巾包上蜡烛追出门去，好一阵子没有回来。暮色四合，妻子急得不知如何是好。正当此时，丈夫抱着个沉沉的包袱回来了……说到这里，你大抵该明白了：一根蜡烛变成了六根。宗兵卫当时究竟是打算返还蜡烛还是另有所图已不可知，终归他追了出去，结果发现那男人痛苦地倒在山路上，似是病情复发了。宗兵卫将他拉入树后照顾，然后拉下腰间挂着的手巾，冷不丁地勒死了男人不说，还掳走了剩下的蜡烛。妻子对此亦惊诧不已，但已无可奈何。夫妻俩当晚便收拾好行李，带着六根蜡烛逃之夭夭。

"他们先逃到了京都，不知如何瞒天过海的，总之卖了一根蜡烛芯换了金币，以此为本金做了两年生意。之后不知是生意做得不好还是因为什么事露了马脚，他们离开京都来了江户，在浅草的田町放起了印子钱。此处靠近吉原，故而有许多人会来借些小钱。两人的生意因此十分红火，可毕竟借钱的多是游手好闲之人，故而烂账也不少。再加上宗兵卫也染上江户习气，迷上了奥山的看茶女，夫妻俩口角不断不说，宗兵卫的钱袋也日渐干瘪。因此，他才笼络了首饰匠增藏，让他帮忙处理那些蜡烛。谁知妻子因妒恨而闹事，逐渐闹成了先前所说的那般模样。"

"宗兵卫后来如何了？"

"宗兵卫安抚了妻子，与她一同出了增藏家，两人回到两国，行至便桥中央时，不知阿竹是否早已打定主意，趁丈夫不备突然跳进江中。当然，蜡烛也被她死死抱在怀中，一同沉了河。宗兵卫见状不免惊诧。此时守桥大爷出来了，宗兵卫连忙返回向两国方向，沿河去了吾妻桥，平安逃回田町家中。然而宗兵卫心下挂意，之后每日都来两国，站在桥上眺望大川。过了几日，阿竹的尸体终究被捞了上来，金蜡烛一事败露。宗次郎认为不能再耽搁，当晚便整理好行装，留下一无所知的婢女阿由仓皇逃走。

　　"我去找本所的首饰匠时是初七午后，宗兵卫是前夜出逃的，中间有一日之差。虽不知他逃往哪个方向，但逃命之人必然拼命赶路，落后一日便无法轻易追上。我一边思量着该怎么办，一边与幸次郎一起走出首饰匠家，信步走回两国时，只见便桥中央站着一个男人，正恍惚地望着水面。由于那人的年纪、相貌和打扮都和宗兵卫酷似，我便大步走近，喊了一声'喂，宗兵卫'。男人见了我俩，似乎想立刻跳入江中，可现下不是夜里，河中有好几艘载着石料和木材的船只，也有小工和船老大在干活。他见无法跳河，便转头往西两国方向逃去。我们俩则在后面追……可惜他是个外行，光顾着心里着急，身体一个劲往前扑，脚下随便一绊便会摔跤。最后，他果然绊到了什么，霎时倒地，我俩立刻上去将他擒住。

"他就捕的地方正好在守桥人的值屋前，我便唤出守桥大爷久八，让他当面指认。他说每日来桥上眺望大川的正是这个男人，不会有错。如此，男人无从争辩，直接认罪了。之后深入调查下去，发现宗兵卫前一晚离开田町自宅后，认为沿东海道逃亡容易暴露，故而走了中仙道，当晚宿在了板桥的妓院里。本来翌日一早立刻动身便无事，谁知他竟留恋宫户川的阿光，想见她一面再走，故而又返回马道，可又觉得周围人都在盯着他看，心下不安，无法下定决心走进小巷，便决定等日暮之后再去寻人。他漫无目的地闲逛一阵后，竟又莫名起意，想去两国看看。他本人神神道道地说定是阿竹的灵魂诱他过来的，但罪犯总有故意接近与自身有关的场所的习性，而这习性大抵都会让他们自取灭亡。宗兵卫约莫也不例外。"

如此，此案的来龙去脉皆已昭然，只剩金蜡烛的谜团未解。对此，半七老人是如此说明的：

"那旅人既已遭宗次郎勒死，他的身份和蜡烛的来历便无从知晓了。根据宗兵卫的供词判断，那蜡烛约莫是某地大名赠给江户官员的礼品，当时称之为'权门'，总之是一种贿赂。然而他们又不能明目张胆地送金子，故而按惯例是在点心盒底下塞小判，抑或将钱币制成金银摆饰，如此利用种种方式遮掩。本案中的蜡烛也是一种新方式，大约是九州一带的大名以进献本地出产的蜡烛为名，拿金芯蜡烛行贿送礼吧。若要将这些献礼自地方送来江户，必然要有众多武士护送。大约是护送队伍中出了个品性不良的仆役，得知内情后偷了一箱蜡烛出来，抱着它中途开溜了。虽不知他是否有同伙，但那男人认为逃往江户会有危险，便返身前往京都、大阪方向，只是中途在金谷宿场突发急病，最终死在宗兵卫的手上，如同日坂峠的秋露一般化为了梦幻泡影。常言道，恶人终有恶报啊。

"至于此事为何不曾闹开，那大名如此行事本来就上不得台面，因而不论途中发生什么，他都无法堂而皇之地进行追究。若让世人知晓自己给江户幕府的差役们送金蜡烛，也会惹上一身腥，故而只得打碎牙往肚里咽，让此事葬送于黑暗之中。正因如此才有人携物潜逃。往昔有许多诸如此类的秘密，不，我听说如今也有名为'珍品'的馈赠之物……哈哈哈。

"顺便一提，擅闯金库的盗贼藤十郎和富藏在安政四年二月二十六日被捕，于五月十三日在千住的小塚原刑场受了磔刑。我当时也为那桩案子异常头痛，可不知是运气不佳还是头脑不好，终归被他人抢了功劳，我与那案子失之交臂，如今犹自感到遗憾。"